# काला नकाब

राहुल

डायमंड बुक्स

प्रकाशक  :  डायमंड पॉकेट बुक्स ( प्रा. ) लि.
X-30 ओखला इंडस्ट्रियल एरिया, फेज-II
नई दिल्ली-110020
फोन       :  011-40712200
ई-मेल     :  sales@dpb.in
वेबसाइट   :  www.diamondbook.in
मुद्रक     :  रेप्रो (इंडिया)

**Kala Nakab**

*By : Rahul*

# काला नकाब

लखनऊ की बस्ती चन्द्रनगर...

डी-53 बंगले की आलीशान इमारत...

चौथे फ्लैट में उस लड़की को निगाहों में लीजिए!

कद छोटा है, बदन गदराया हुआ, अंगिया के ऊपर वह ब्लाउज के बटन लगा रही है। अचानक दरवाजे पर किसी ने दस्तक दी है। दरवाजे के बाहर जो पुष्ट शरीर का मस्त नौजवान खड़ा है, इसका कद छह फीट तो होगा। हाथ में इसके रिवॉल्वर भी है जो उसने पैंट की जेब में डाल लिया है। शानदार सूट पहन रखा है। कितनी सतर्कता से दरवाजे के बाहर खड़ा है। चौकन्ना शिकारी लगता है।

कमरे में खड़ी सुंदरी ने स्कर्ट पर बैल्ट कसने के बाद दरवाजा खोल दिया है। अजनबी नौजवान के नाक की लवें निकलने लगी हैं। युवती के शरीर से महक की लहरें उठ रही हैं। उसके सुनहरे घुंघराले बालों में से भी मीठी-मीठी सुगन्धियां उठकर वातावरण को नशीला बना रही हैं। उसके स्तनों का उभार नौजवान के सीने को छूता हुआ महसूस हो रहा है। हां, वह उस अजनबी को पहचान नहीं पा रही है। उसने जरा-सा पीछे हटकर पूछा, ''कौन?''

अजनबी नौजवान ने अपनी बुशशर्ट की जेब से निज का परिचय-कार्ड निकाला और सुन्दरी की आंखों के आगे कर दिया।

''उमेशचन्द्र मेहरा...असिस्टेंट डायरेक्टर...आधुनिक थियेटर।'' कार्ड पर उस युवती ने पढ़ा। फिर वह बोली, ''आइये।''

''और आप चन्द्राणी कमलेश हैं।'' अजनबी नौजवान ने कमरे में पांव टिकाते हुए पूछा।

''लोग मुझे चन्द्र कहकर बुलाते हैं, इसलिए मुझे चन्द्रनगर कालोनी पसन्द आई। नामों में कुछ दोस्ती या समता तो है।'' सुन्दरी मुस्कराकर बोली।

अजनबी नौजवान अब अजनबी नहीं रहा था। वह अपने परिचय-कार्ड के अनुसार उमेशचन्द्र मेहरा था। उसने चन्द्राणी को भरपूर नजरों से देखा। कद लगता छोटा था, लेकिन वास्तव में वह पांच फीट सात इंच की थी। होंठ भरे-भरे थे-सजल रसीले। आंखें उसकी हरी-भूरी थीं।

''क्या आपके साथ कोई और भी है?'' चन्द्राणी ने पूछा।

''नहीं, मैं अकेला आया हूं और यह देखना चाहता हूं कि आप अकेली हैं या नहीं।'' उमेशचन्द्र ने इतना कहा और फ्लैट का दरवाजा बंद कर दिया। वह चन्द्राणी की भुजा में अपना बाजू पिरोकर दूसरे कमरे में ले गया। यह दूसरा कमरा बैडरूम था। उसी में एक शानदार

बाथरूम था। उसके पीछे एक और कमरा था, एक किचन भी। कमरा और किचन, दोनों खाली थे। उनमें कोई नहीं था।

''क्यों, हो गई तसल्ली आपको? मैं आपकी तरह अकेली ही हूं न?''

''हां।''

''तो आइये, ड्राइंग-रूम यानि...पहले कमरे में चलें।''

दोनों पहले वाले कमरे में लौट आए। चन्द्राणी एक खूबसूरत अलमारी के पास जा खड़ी हुई। शाम का समय था। उसने अलमारी खोल दी। फिर उमेश को देखते हुए पूछा, ''क्या पीजिएगा? यहां देसी 'रम' से लेकर स्कॉच तक मौजूद है।'' कहकर चन्द्राणी ने अलमारी में से दो गिलास निकाल लिए। गिलास उसने तिपाई पर रख दिये।

''कुछ भी पिला दीजिए।'' उमेश बोला और तिपाई के पास सोफे पर बैठ गया।

चन्द्राणी ने अलमारी में से 'ब्लैक नाइट' की बोतल और सोडे की फ्लास्क निकाली और तिपाई पर रख दी।

''मैंने पहले कभी आपको देखा नहीं। मैं कैसे विश्वास कर लूं कि आप ही चन्द्राणी हैं?'' उमेश ने पूछा।

''ओह! आप तो किसी पुलिस-अधिकारी की तरह बात कर रहे हैं। हर बात का आप प्रमाण मांगते हैं। वैसे आप मेरे मेहमान हैं और इस नाते मैं आपकी किसी बात का बुरा नहीं मानूंगी।'' यह कहकर वह वासना का ज्वार उठा देने वाले अंदाज में कूल्हे मटकाती हुई एक मेज तक गई। उसने मेज की दराज खोली। उसमें से उसने अपना कार-लाइसेंस निकाला और उमेश की ओर उछाल दिया। जिसने गेंद की तरह उसे दोनों हाथों में दबोच लिया।

उमेश ने लाइसेंस पढ़ा। नाम और पता बिल्कुल ठीक था। वह बोला, ''क्षमा कीजिएगा, यह सब मुझे एक खास मनोरथ से करना पड़ रहा है।''

चन्द्राणी ने उसके सामने बैठकर दो पैग बनाए और एक उठाकर उमेश को पेश किया। 'थैंक्यू' कहकर उमेश ने गिलास होंठों से लगा लिया। चन्द्राणी ने एक बड़ा घूंट खींचा और पूछा, ''अब बताइये, किस मनोरथ से आप मेरे पास आए हैं?''

''आप बड़ी भोली और मासूम बन रही हैं। आप जानती हैं कि हमारे थियेटर की कुशल नवयुवती अभिनेत्री ज्योत्स्ना चट्टोपाध्याय परसों मुर्दा...''

''हां, वह मेरे मंगेतर रजनीश के साथ मोटर साइकिल पर सिनेमा से लौटते हुए दुर्घटना में मारी गई।''

''वह दुर्घटना में नहीं मारी गई, उसे जान-बूझकर मारा गया है। आप बात को उलटने की कोशिश न करें।'' उमेश ने कहा।

''ओह...ह! अब मैं समझी! आप चाहते हैं कि मैं आपको रजनीश के पास ले चलूं और उसे आपके हवाले कर दूं, क्यों?''

''मैं यही चाहता हूं!...सुनिये! रजनीश आपका मंगेतर होगा। अगर वह आज ज्योत्स्ना की जान ले सकता है तो कल आपकी बारी भी आ सकती है।''

''मैं जानती हूं। बड़े लम्बे समय से मैं उससे डर रही हूं। मेरे लिए यह मंगनी तोड़ना बड़ा कठिन है। इसके वास्ते मुझे एक शक्तिशाली आदमी की जरूरत है।'' यह कहकर चन्द्राणी ने उसकी कलाई थाम ली, ''मुझे चाहिए ताकतवर और दिलेर आदमी।''

उमेश ने चन्द्राणी के ब्लाउज में झांककर देखा। श्वेत मांसल स्तनों में ज्वार आकर उतर जाता था।

चन्द्राणी बोली, ''मैं आपको एक शर्त पर रजनीश के पास ले जा सकती हूं।''

''किस शर्त पर?''

''आपको मुझे उससे बचाना होगा।''

''मैं चौड़ा सीना रखता हूं और आपकी रक्षा कर सकता हूं।'' उमेश ने इतना कहा और चन्द्राणी की भुजा पकड़कर उसे सोफे पर से उठा लिया। फिर उसे अपनी ओर खींचकर अपने घुटनों पर डाल लिया। तब अपने सुलगते होंठों में उसके रसीले होंठ समो लिये।

चन्द्राणी ने कोई विरोध नहीं किया। वह जब उससे अलग हुई तो अपनी गर्दन मलने लगी। वह बोली, ''आपकी जेब में शायद रिवॉल्वर है।''

''हां...रजनीश कहां है?'' उमेश ने पूछा।

चन्द्राणी ने उसके सवाल का जवाब न दिया और टांगें उठाकर सोफे पर रख दीं। फिर वह उमेश की गोद में सिमट आई। उमेश ने अपनी बांह के घेरे में उसकी कमर लपेट दी। फिर अपनी जेब से रिवॉल्वर निकालकर तिपाई पर रख दिया। सिर झुकाकर उसने चन्द्राणी के ब्लाउज में झांकते हुए दूधिया शिखर पर अपने होंठ रख दिये।

तभी चन्द्राणी ने तेजी से हरकत की। तिपाई को उसने ठोकर मारी। व्हिस्की के दोनों ग्लास झनझनाए और गिरकर टूट गए। रिवॉल्वर तेजी से सरककर दूर जा गिरा। फिर अपने दोनों हाथ उसने उमेश की गर्दन पर कस दिए। उमेश ने उसके दोनों हाथों की दृढ़ता को तोड़ने के लिए पूरा जोर लगाया।

''डार्लिंग!'' चन्द्राणी ने पुकारा।

दूसरे कमरे, यानि बैडरूम से कोई दौड़ता हुआ आया। उसके चेहरे पर काला नकाब था। उसके हाथ में पिस्तौल था। लिबास उसका निराला ही था। पिस्तौल पर साइलेंसर चढ़ा हुआ था। वह मर्द था या औरत, यह कह पाना कठिन था।

उमेश अपनी गर्दन चन्द्राणी के मुलायम हाथों से आजाद करा चुका था। अब वह झुककर तिपाई के पीछे से अपने गिरे हुए रिवॉल्वर को उठाने की कोशिश कर रहा था।

चन्द्राणी ने व्यंग कसते हुए कहा, ''बड़े शक्तिशाली बनते थे! बड़ी दिलेरी से चौड़ी छाती की डींग हांकते थे। हूं! सवाल पूछ-पूछकर नाक में दम कर डाला था। तुम थियेटर के सुलझे

हुए अभिनेता होगे, लेकिन अभी मुझ जैसे तेज-तर्रार नहीं हो, समझे?'' यह कहकर चन्द्राणी ने खींचकर एक थप्पड़ उमेश के गाल पर मारा।

तमाचा बड़ा करारा लगा था। उमेश बड़ी बेबसी से उसे घूरता रह गया। अचानक वह बिजली की-सी तेजी के साथ सक्रिय हो उठा। वह उछलकर तिपाई पर लेट गया और दाहिनी हथेली बढ़ाकर उसने अपना रिवॉल्वर उठाने की कोशिश की।

इस दौरान उसने पीठ पर तीखी जलन महसूस की। तिपाई पर ही उसका सिर झूल गया। बैडरूम से आने वाले नकाबपोश के साइलेंसर लगे पिस्तौल से दो शोले और निकले। तिपाई पर गिरा हुआ उमेश अब फर्श पर लुढ़क गया। चन्द्राणी आगे बढ़कर आगन्तुक व्यक्ति से लिपट गई, लेकिन ढके-छिपे उस नकाबपोश के बदन में न कोई आवेश था, न कोई इच्छा थी।

□ □

□ □

'गुलिस्तां' कालोनी के मनमोहक और शानदार रेस्तरां 'मालिन' के सामने चार पुलिस-अधिकारी मोटर-साइकिलों में अपनी-अपनी पेटियों से रिवॉल्वर निकालकर हथकड़ियां लटकाए उतरे। उन्हें देखकर स्पष्ट प्रतीत हो रहा था कि वे लोग रेस्तरां पर छापा मारने के लिए आए थे। मोटर साइकिलें स्टैंड पर खड़ी करते हुए वे तेजी से रेस्तरां के शीशेदार फोल्डिंग दरवाजे की ओर दौड़ पड़े थे।

बाजार में आते-जाते मनचले और तमाशाई लोग रेस्तरां के सामने जमा होने शुरू हो गए। उनका अनुमान था कि रेस्तरां के अंदर अभी गोली-वर्षा हो जायेगी।

रेस्तरां 'मालिन' की खूबी यह थी कि वहां सब औरतें ही काम करती थीं। डोर-कीपर औरत थी, बैरे भी युवतियां थीं, किचन में बावर्चिनें थीं और काउंटर पर भी युवती ही थी। तमाम औरतें सुंदर और सुडौल थीं। यही वजह थी कि उस रेस्तरां में नौजवानों की ही नहीं, बूढ़ों की भी भीड़ लगी रहती थी।

चारों पुलिस-अधिकारी अपने-अपने हाथ में रिवॉल्वर साधे प्रविष्ट हुए। उन्हें देखकर काउंटर पर बैठी हुई युवती सहम गई। बैरों के लिबास में युवतियां जहां-तहां कांप उठीं।

इस समय रेस्तरां खचाखच भरा हुआ था। कोई मेज खाली नहीं थी। एक मेज के गिर्द तीन सम्भ्रान्त मर्द और एक निंदियारी आंखों वाला नौजवान बैठा था। तीनों सम्भ्रान्त व्यक्ति शरीर से भी भारी-भरकम थे। वे बात-बात पर हंस रहे थे और कभी-कभी पटाखों की तरह अट्टहास कर उठते थे।

एक वेट्रेस उस नौजवान को देख रही थी जिसके हाथ कुछ असाधारण तौर पर बड़े-बड़े थे। वह उसकी ओर सीधे देखने की हिम्मत नहीं कर रही थी, लेकिन उसकी ओर कनखियों से देखे बिना उससे रहा भी नहीं जा रहा था।

एक अधिकारी ने शेष तीन पुलिस-अधिकारियों से कहा, ''वह रहा हिंसक भेड़िया...जानवर!'' उसका इशारा उस नौजवान की ओर था जो तीन सम्भ्रान्त व्यक्तियों के साथ बैठा था।

रेस्तरां में मौजूद सभी लोगों की आंखें उस नौजवान पर आ केन्द्रित हुईं। चारों पुलिस-अधिकारी उस नौजवान की मेज की ओर बढ़े। एक हष्ट-पुष्ट पुलिस-अधिकारी ने उस नौजवान की आंख पर मुक्का जड़ते हुए कहा, ''उठो।''

दूसरे पुलिस-अधिकारी ने फौरन बैल्ट से हथकड़ी निकाली और उस नौजवान की कलाइयों पर पहना दी।

''आंखें देखते हैं इसकी? कितनी मोटी-मोटी हैं। ऐसे लोग भयानक अपराधी होते हैं।'' एक बोला।

रेस्तरां में कानाफूसी होने लगी।

दाहिने कोने में एक मेज के गिर्द बैठे सत्ताईस-अट्ठाईस साल के युवक ने अपने साथियों को बताया, ''क्या तुम इस नौजवान को जानते हो? इसका नाम रजनीश है। परसों रात इसकी मोटर साइकिल के पीछे बैठी हुई 'आधुनिक थियेटर' की परी जैसी अभिनेत्री ज्योत्सना चट्टोपाध्याय एक दुर्घटना में चल बसी थी। थियेटर के कर्मचारियों का यह शक था कि ज्योत्सना दुर्घटनावश नहीं मरी, बल्कि उसे मार डाला गया है। आपने शायद ज्योत्सना की तस्वीर अखबारों में नहीं देखी। उसकी लाश बहुत बुरी तरह से कटी-फटी थी। पुलिस का भी यही विचार है कि पीछे से आने वाले ट्रक के साथ हुई टक्कर में लाश इस तरह विक्षत नहीं होती। रजनीश ने बड़ी निर्ममता और पशुता के साथ ज्योत्सना की हत्या की। उसकी लाश को बुरी तरह क्षत-विक्षत करके मोटर साइकिल पर पीछे बांध दिया, फिर सड़क पर खड़े होकर उसने लाश-समेत अपनी मोटर साइकिल को ट्रक के आगे फेंक दिया। मोटर साइकिल चकनाचूर हो गई और लाश कुछ और कट-फट गई।''

''ऐसे क्रूर इंसान को तो सजा मिलनी चाहिए।'' युवक के साथी ने कहा।

रजनीश की पीठ पर धौल-धप्पा करते हुए पुलिस-अधिकारी रेस्तरां से बाहर आए। बाहर इंतजार में खड़े तमाशाइयों को भी पता चल गया था कि पुलिस किस तरह के नौजवान को पकड़ने आई थी। कुछ लोग इतने दिलेर निकले कि उन्होंने रजनीश के मुंह पर थूकना शुरू कर दिया।

पुलिस-अधिकारियों ने इस डर से कि थूक कहीं उनके मुंह पर ही न आ गिरे, लोगों को धक्के देकर परे हटा दिया। एक अधिकारी ने रजनीश को अपने मोटर साइकिल के पीछे बिठा लिया और हथकड़ी का हुक अपनी बैल्ट के साथ फंसा लिया।

मोटर साइकिल के पीछे बैठते ही रजनीश की निंदियारी आंखें बंद हो गईं। वह सो गया। जब थोड़ी देर बाद वह मोटर साइकिल के झटके से जागा तो उसे ऐसा जान पड़ा जैसे वह

सदियों तक सोया रहा हो। खुमारी उतरने के बाद उसका दिमाग ताजा हो गया था। अब वह ठीक तरह से सोच सकता था कि किस संकट में आ फंसा है। उसे विश्वास नहीं आ रहा था कि उसे हवालात में बंद करने के लिए ले जाया जा रहा है। वह मुक्त होना चाहता था। उसे बंद कमरों और बंद कोठरियों से अपार घृणा थी। वह सोच रहा था-आजादी के लिए लाखों-करोड़ों लोग प्राण निछावर कर देते हैं, फिर वह भी अपनी आजादी के लिए मामूली-सा खतरा क्यों न मोल ले।

सोचते-सोचते उसे एक तरकीब सूझ गई।

जब मोटर साइकिल का धक्का दूसरी बार लगा तो उसने पुलिस-अधिकारी की कमर में हाथ डालकर संभलने का बहाना किया। इस झटके में उसने बड़ी आसानी के साथ हथकड़ी की जंजीर की हुक पुलिस-अधिकारी की बैल्ट के छल्ले से निकाल ली। पुलिस-अधिकारी सामने देखने में इतना लीन था कि रजनीश की इस चतुराई का उसे पता न चला।

रजनीश अब निश्चिन्त-भाव से नए अवसर की तलाश में था। उसे पता था कि अगर वह उस मोटर साइकिल से कूद पड़ा तो दूसरे अधिकारी उसे रत्ती-भर आगे न जाने देंगे। गिरफ्तारी और संकट से बचने का एक ही रास्ता है कि वह अवसर पाते ही इस सफाई से मोटर साइकिल पर से उतरे कि तीनों पुलिस-अधिकारियों की मोटर साइकिलें आपस में भिड़ जायें।

यह अवसर उसे मिल ही गया। मोटर साइकिलें आगे-पीछे पूरी गति से दौड़ी जा रही थीं। सड़क का हिस्सा तंग हो गया था। सामने से ईंटों से लदा ट्रक आ रहा था। इस कारण मोटर साइकिलों का सड़क से उतरना निश्चित था। रेतीली पगडण्डी के नीचे एक गड्ढा था और गड्ढे के पार पेड़ों की सघन कतार थी। भाग निकलने के लिए उससे बढ़िया कोई दूसरी जगह मिल नहीं सकती थी।

रजनीश ने पिछली सीट से कूदते हुए मोटर साइकिल को धक्का भी दे दिया। मोटर साइकिल का अगला पहिया ट्रक के अगले पहिये के नीचे आ गया। रजनीश दौड़कर गढ़े में जा छिपा। उसने देख लिया कि पिछली मोटर साइकिलें भी अगली मोटर साइकिल से टकरा गई हैं और पुलिस-अधिकारी एक-दूसरे के ऊपर-नीचे गिरते चले गए हैं।

गढ़े से निकलकर रजनीश बेखटके घने पेड़ों की ओर लपका। पेड़ों ने उसे अपनी सघनता में छिपा लिया।

ईंटों से भरा हुआ ट्रक सड़क पर ही रुक गया था। अगले पुलिस-अधिकारी की टांग ट्रक के पहिये के नीचे आकर टूट गई थी। उसी की मोटर साइकिल के पीछे से रजनीश कूदा था। दूसरा पुलिस-अधिकारी अपनी मोटर साइकिल के साथ अगली साइकिल और अपने साथी पर इस तरह गिरा था कि उसकी दो पसलियां टूट गई थीं। तीसरे पुलिस अधिकारी की खोपड़ी फट गई थी। इसी तरह उनके चौथे साथी की रीढ़ की हड्डी पर गहरी चोट आई थी।

## 2

अगले दिन समाचार-पत्रों ने रजनीश के भाग निकलने और पुलिस-अधिकारियों के घायल होने का समाचार विस्तार के साथ छापा और रजनीश के अपराध की पृष्ठभूमि भी पेश की। समाचार में बताया गया था:

तीन लड़कियों को लखनऊ के विभिन्न स्थलों पर बड़ी निर्ममता से मारा गया था। हत्या का तरीका इतना मिलता-जुलता था कि तीनों कुकृत्य एक ही अपराधी द्वारा किये गए जाहिर होते थे। लड़कियों की हत्या करने के बाद उनकी लाशों को बुरी तरह विकृत कर डाला गया था। ज्योत्स्ना की लाश भी इसी हत्याकाण्ड की एक कड़ी प्रतीत होती है। पुलिस को यह सूचना मिली थी कि ज्योत्स्ना अपने मित्र रजनीश की मोटर साइकिल के पीछे बैठकर सिनेमा देखने गई थी। ज्योत्स्ना की लाश चूंकि अन्य लड़कियों की लाशों की तरह क्षत-विक्षत थी, इसलिए हर किसी की यही धारणा थी कि पहली तीन लड़कियों का हत्यारा भी रजनीश ही थी।

पुलिस रजनीश की खोज में लगी है। 'मालिन' रेस्तरां से किसी ने फोन किया था कि रजनीश उक्त रेस्तरां में मौजूद है। यह सूचना मिलते ही चार पुलिस-अधिकारियों ने जाकर रेस्तरां पर छापा मारा और रजनीश को गिरफ्तार कर लिया। मगर, रजनीश उनकी पकड़ से बचने में सफल रहा।

समाचार-पत्रों में अंत में यह अपील की गई थी कि यह मानव-समाज की सुरक्षा और बहू-बेटियों की लाज बचाने का सवाल है। रजनीश पाशविक वृत्ति का एक नौजवान है और हत्यारा है। उसे खोज निकालना बहुत-बहुत जरूरी है। समाचार-पत्रों में उसे तलाश करने का आसान ढंग यह बताया गया था कि उन लोगों की सूची बनाई जाय, जिनके पास जाकर रजनीश शरण लेता रहा। इस बात पर बड़ा जोर डाला गया था कि अगर लखनऊ-पुलिस रजनीश को खोजने में नाकाम रहे तो मशहूर जासूस संजय की सेवाएं तत्काल ग्रहण की जायें।

समाचार-पत्रों में दूसरी खबर 'आधुनिक थियेटर' के असिस्टेंट डायरेक्टर उमेशचन्द्र मेहरा की हत्या पर प्रकाश डालती थी। समाचार में बताया गया:

उमेशचन्द्र का जो कोई भी हत्यारा था, वह बड़ा चालाक और चौकन्ना व्यक्ति था। उसने उमेशचन्द्र की हत्या करने के बाद उसकी लाश रात को पौने बारह बजे निकाली। उसे एक फकीर की गुदड़ी में रखकर हत्यारे ने फकीर को नया बिस्तर दे दिया और उसे कहीं दूसरी जगह सोने के लिए भेज दिया। वह फकीर 'हजरतगंज' की दुकानों के बरामदे में सोता था। कुछ और लोग भी उस बरामदे में सोते थे, लेकिन केवल एक ही व्यक्ति ने उस फकीर को जाते और उसकी जगह किसी दूसरे को सोया हुआ पाया।

समाचार-पत्रों की अपराध-शाखा के संवाददाताओं ने इस समाचार में भी पुलिस का उचित मार्गदर्शन कर दिया था। उन्होंने समीक्षा की थी कि उमेशचन्द्र मेहरा 'आधुनिक थियेटर' का असिस्टेंट डायरेक्टर था और ज्योत्स्ना उस थियेटर की महत्त्वपूर्ण और मशहूर अभिनेत्री थी। इसका स्पष्ट अर्थ यह था कि ज्योत्स्ना की हत्या से उमेशचन्द्र मेहरा की हत्या का गहरा सम्बन्ध था। उमेश के कत्ल ने इस हत्याकाण्ड को चूंकि बहुत ज्यादा उलझा दिया था, इसलिए पुलिस को सुविख्यात जासूस संजय की सेवाओं से लाभ उठाना पड़ा।

□ □
□ □

दिन के साढ़े ग्यारह बजे थे। लखनऊ पहुंचकर डिप्टी इंस्पेक्टर जनरल ने सीधी फोन-सेवा का फायदा उठाया। संजय को हत्या की सारी जानकारी दे दी गई। डी॰ आई॰ जी॰ ने उसे बताया कि वह इस केस को हल करने के लिए संजय को सरकारी तौर पर नहीं बुला सकता था, क्योंकि ऐसा करने से गुप्तचर-विभाग की बदनामी का डर था कि वह अयोग्य और असमर्थ विभाग है। संजय को प्राइवेट तौर पर पुलिस सहायता के लिए बुलाया जा सकता था और इस सहायता के बदले पुलिस का महकमा ही उसे उचित पारिश्रमिक दे सकता था।

संजय ने डी॰ आई॰ जी॰ शत्रुघ्न सिन्हा का प्रस्ताव स्वीकार कर लिया और वचन दे दिया कि वह अगले ही दिन सवेरे लखनऊ पहुंच जाएगा। उसने ठहरने के लिए जो होटल चुना वह था 'शामे-अवध'।

डी॰ आई॰ जी॰ का फोन सुनने के बाद संजय ने अपने साथियों को सूचना दी कि वे कुछ दिनों के लिए लखनऊ चलने को तैयार हो जायें।

''ऊंह! क्या वाहियात शहर चुना है।'' नरेन्द्र कुढ़ उठा।

''क्यों?'' संजय ने पूछा।

''न वहां की आबो-हवा पुरुष रहने देती है और न नारी। बताओ यह कोई तुक है कि जायें तो वहां इंसान के रूप में, और लौटें तो हीजड़े बनकर। लानत है।'' नरेन्द्र ने झल्लाकर कहा।

प्रवेश हंसते हुए बोला, ''मेरे यार, आजकल हीजड़े भी सत्याग्रह पर तुल गए हैं। असेंबली और पार्लियामेंट में अपनी सीट सुरक्षित कराना चाहते हैं। उनको तो एक ही जरूरत है-वकीलनुमा लीडर की। संयोग से तुम वकील भी हो, जासूस भी। तुमसे अच्छा लीडर भला उन्हें कहां नसीब होगा।''

इस पर अर्चना और संजय भी खिलखिला उठे। बेचारा नरेन्द्र खिसियाकर रह गया।

□ □
□ □

अगले दिन दस बजे ही संजय अपने साथियों के साथ होटल 'शामे-अवध' के फ्लैट में था। नहा-धोकर वह सदर कोतवाली पहुंचा। डी॰ आई॰ जी॰ सिन्हा ने सदर के इंस्पेक्टर खादिम हुसैन को संजय के आने की सूचना रात ही को दे दी थी।

संजय ने स्वयं अपना परिचय दिया। संजय के पौरुष-भरे आकर्षक व्यक्तित्व, उसकी शिष्टता और सभ्य वाणी के साथ-साथ उसकी बुद्धिमत्ता से इंस्पेक्टर पहली भेंट में ही प्रभावित हो गया। कुछ ही देर में जो उन्होंने हत्याकाण्ड के बारे में बातचीत की और संजय ने सवाल पूछे, वे स्वयं इंस्पेक्टर के दिमाग में भी आज तक कभी नहीं आये थे।

''अच्छा इंस्पेक्टर साहब, यह बताइये कि रजनीश के सामाजिक सम्बन्धों के बारे में आप क्या-कुछ जानकारी रखते हैं।''

खादिम हुसैन बोला, ''हम रजनीश के सम्बन्धों के बारे में सिर्फ इतना पता लगा सके हैं कि एक उसकी बहन है-शेफाली। वह सात दिन पहले 'सिंगार नगर' में रहती थी। फिर शायद उसे भाई के अपराधों का पता चल गया होगा, वह 'महानगर एक्स्टेंशन' में जा बसी। 'सिंगार नगर' में शेफाली कालड़ा थी-रजनीश कालड़ा की बहन; मगर 'महानगर एक्स्टेंशन' में वह पूर्णिमा धमीजा के नाम से रह रही है। नाम उसने इस कारण तब्दील किया है कि कोई यह न कहे-यही है खौफनाक मुजरिम की बहन। हमें रजनीश की मंगेतर चन्द्राणी का भी पता लगा है। चन्द्राणी 'चन्द्रनगर' में रहती थी, लेकिन कल शाम से वह अपने फ्लैट में वापस नहीं आई। उसके फ्लैट में ज्यादातर सामान किराए का है। निजी सामान वह कार में ले जा चुकी है और किराए की चीजें उस फ्लैट में छोड़ गई है।''

''अगर उसकी कार थी तो उसका कोई नम्बर भी होगा? उसकी कार का सुराग तो निकाला ही जा सकता है।'' संजय ने पूछा।

''मेरे निकट से चन्द्राणी की कार का सुराग लगाना कठिन काम सिद्ध होगा, क्योंकि उसके फ्लैट से कार का एक जाली लाइसेंस मिला है। उस लाइसेंस में कार का जो नम्बर दिया गया है, वह कभी रजिस्टर ही नहीं हुई। मतलब आप समझ ही गए होंगे, यानि कार का नम्बर भी जाली है। ऐसी कार का नम्बर हरेक घंटे के बाद तब्दील किया जा सकता है।'' इंस्पेक्टर ने कहा।

''खूब। क्या आपने पड़ताल की है कि चन्द्राणी भी जाली न हो? क्या पता है कि उसका नाम कुछ और ही हो?'' कहकर संजय हंसने लगा।

इस मूर्खता पर इंस्पेक्टर भी 'हो-हो' करके हंस पड़ा।

संजय ने पूछा, ''आपने यह तो पूछा होगा कि चन्द्राणी ने वह फ्लैट कब किराए पर लिया था? कहां काम करती थी वह?''

''चन्द्रनगर में वह फ्लैट उसने तीन हफ्ते पहले ही लिया था। पूछताछ पर पता लगा, इस बात की किसी को जानकारी नहीं कि वह काम क्या करती है और कहां पर करती है।''

‘‘रजनीश क्या करता था?’’ संजय ने सवाल पूछा।

‘‘वह ‘लखनऊ यूनिवर्सिटी’ में फुटबॉल का ‘कोच’ था। तरुण खिलाड़ियों को वह फुटबॉल के दांव-पेच सिखाता था।’’ इंस्पेक्टर ने बताया।

‘‘उम्र क्या है उसकी?’’

‘‘छब्बीस साल।’’

‘‘अगर यह उम्र सही है तो वह इस छोटी उम्र में कोच कैसे बन गया?’’

‘‘रजनीश फुटबॉल का आप भी मशहूर खिलाड़ी था। राष्ट्रीय स्तर की फुटबॉल टीमों में उचित पारिश्रमिक लेकर वह फुटबॉल खेला करता था। फुल-बैक के तौर पर बड़ा मशहूर खिलाड़ी रहा है। ‘दिल्ली क्लॉथ मिल’ के फुटबॉल-टूर्नामेंट में उसके घुटने की चपनी उतर गई थी। इससे उसकी दाहिनी टांग कमजोर हो गई। ‘लखनऊ यूनीवर्सिटी’ ने उसे प्रशिक्षक बना दिया।’’ खादिम हुसैन ने जानकारी दी।

‘‘हूं...’’ संजय कुछ सोचकर बोला, ‘‘रजनीश चतुर और लोकप्रिय युवक मालूम होता है।’’

‘‘जी हां, बेहद चालाक और लोकप्रिय है। लड़कियां तो उस पर जान छिड़कती हैं। तीन लड़कियों की हत्या के अपराध भी उसकी गर्दन पर हैं।’’

‘‘क्या आप उसकी बहन के घर की निगरानी करा रहे हैं?’’ संजय ने पूछा।

‘‘हां, वहां दो आदमी अब सादा लिबासों में ड्यूटी पर हैं।’’

‘‘रजनीश की बहन शेफाली उर्फ पूर्णिमा ‘महानगर एक्स्टेंशन’ में कैसे मकान में रह रही है?’’

‘‘वह मकान रेलवे के एक कर्मचारी का है। ‘महानगर एक्स्टेंशन’ के शुरू के मकानों में से एक है। इसीलिए कुछ भद्दा-सा है। वैसे अब वहां आलीशान मकान बन गए हैं। लोग वहां नए बंगलों में स्थान पाने के लिए पहले विधवा रूपवती के मकान में अपना ठिकाना बनाते हैं। जैसे ही किसी नए बंगले में फ्लैट मिल जाता है तो लोग रूपवती का मकान छोड़ जाते हैं। यही वजह है कि रूपवती के मकान का कोई-न-कोई सेट खाली पड़ा रहता है।’’

‘‘ठीक है...अब मैं रजनीश की बहन से मिलने जा रहा हूं।’’ संजय ने उठते हुए कहा।

‘‘क्या मैं आपके साथ चलूं?’’ इंस्पेक्टर ने पूछा।

‘‘नहीं, इतना कष्ट न उठाइये। मैं स्वयं आपसे मिलूंगा। वैसे अगर आप शाम तक मुझे छह-सात दिनों के लिए कोई अच्छी-सी कार किराए पर ले दें, तो मैं आपका दिल से कृतज्ञ होउंगा।’’

‘‘मेरा सौभाग्य है कि आप मुझे सेवा का अवसर दे रहे हैं। संजय बाबू, मैं यह इन्तजाम दिलो-जान से कर दूंगा। कार आपको बाद दोपहर मिल जाएगी और आपको होटल के लॉन में खड़ी मिलेगी।’’

''शुक्रिया!'' कहकर संजय कोतवाली से बाहर निकला।

□ □<br>□ □

'महानगर एक्स्टेंशन' में विधवा रूपवती का मकान तिमंजिला था। मकान ज्यादा ही सादा था। मुद्दत से उस पर सफेदी नहीं हुई थी। बाहर की दीवारें काली पड़ चुकी थीं। मकान की दूसरी मंजिल पर कम ही रौनक दिखाई देती थी। निचली और ऊपर की मंजिलों की खिड़कियों से औरतों की धोतियां और मर्दों के पाजामे लटक रहे थे। उन खिड़कियों से साफ जाहिर होता था कि निचले दरम्याने वर्ग के लोग ही विधवा रूपवती का मकान किराए पर लेते थे।

संजय ने निचली मंजिल के बड़े दरवाजे पर जाकर दस्तक दी। सफेद बालों वाली और थलथलाती मांसपेशियों की बांहों वाली औरत ने दरवाजा खोला। उसकी आंखों पर मोटे शीशों की ऐनक थी। वह उन शीशों में से प्रश्नसूचक नेत्रों से संजय की ओर देखने लगी।

संजय एक विशेष मनोरथ से आया था। उसने पूछा, ''क्या आपके यहां दो कमरे किराए पर मिल सकते हैं?''

बुढ़िया की तनी हुई भवें अपनी जगह पर आ गईं। उसके होंठों पर हल्की-सी मुस्कराहट भी उभर आई। बुढ़िया ने नम्र आवाज में कहा, ''क्यों नहीं। अंदर आइये।''

संजय ने मकान में पदार्पण किया। बुढ़िया ने दाहिने कमरे की ओर मुंह फेरकर कहा, ''राधे! निम्मो का ध्यान रखना। मैं अभी आई।'' कहकर संजय को दूसरी मंजिल पर एक ऐसे कमरे में ले गई जो दो कमरों का था। उसने कहा, ''यहां आप सबसे अलग रहेंगे। कोई भी दखलन्दाजी नहीं करेगा। वैसे...क्या मैं पूछ सकती हूं कि आप क्या काम करते हैं और कितने बच्चे हैं?''

संजय मुस्कराकर बोला, ''मैं एक कम्पनी का ट्रेवलिंग-एजेन्ट हूं। सप्ताह में चार दिन बाहर रहता हूं। बच्चे गांव में हैं।''

''क्या आप खाना यहीं बनाया करेंगे?''

''नहीं, जरूरत पड़ी तो चाय या कॉफी बना लिया करूंगा। एकाध अण्डा तल लिया करूंगा। आपने यह सवाल क्यों पूछा?''

''इस सेट के किचन में गैस थी जो मैंने एक लड़की को दे दी है। ऊं...भला-सा नाम है उसका...हां, पूर्णिमा। उसे आए हुए सात ही दिन हुए हैं। बड़ी नेक लड़की है। इस सेट के साथ वाले सेट में रहती है।''

''किराया क्या है इस सेट का?'' संजय ने पूछा।

''सिर्फ एक सौ बीस रुपये।'' बुढ़िया ने कहा, ''महंगाई का जमाना है। पहले इसी का किराया केवल अस्सी रुपये होता था।''

13

‘‘अब तो आदमी के लिए जीना ही महंगा पड़ रहा है।’’ संजय ने कहा और पैंट की जेब से अपना बटुआ निकालकर एक सौ बीस रुपये बुढ़िया को थमा दिए-‘‘एक महीने का पेशगी किराया दे रहा हूं।’’

बुढ़िया ने कोई उत्तर न देते हुए एक सौ बीस रुपये के नोट गिने। उसकी आंखों में चमक पैदा हो गई थी-‘‘मैं आपको इसकी रसीद दे दूंगी।’’ बुढ़िया ने कहा, ‘‘आप अपना सामान लावें तो एक बात का ध्यान रखें।’’

संजय ने मुंह से कुछ न पूछा, केवल आंखों से प्रश्न उछाला-‘‘किस बात का?’’

‘‘जब आप बाहर जायें तो दरवाजे पर ताला लगाकर जायें।’’ बुढ़िया ने कहा। फिर वह पैसे संभालने के लिए और रसीद लाने के मनोरथ से नीचे चली गई।

इधर संजय दूसरे कमरे में प्रविष्ट हुआ जिसकी सामने वाली दीवार सेट के साथ सम्बद्ध थी। दीवार में एक दरवाजा था जिस पर एक ताला पड़ा हुआ था। दरवाजे के दाएं पट में एक छेद था जिसे दूसरी ओर से किसी ने मोम ठूंसकर बंद कर दिया था। वह कोई स्थाई दरवाजा नहीं कहा जा सकता था, क्योंकि उसकी निचली चौखट दीमक ने खा ली थी और फर्श से दरवाजे के पट तक दो इंच जगह शून्य रह गयी थी।

संजय झुककर नीचे से झांकने का विचार कर ही रहा था कि उसने सीढ़ियों पर बुढ़िया के कदमों की आहट सुनी। उसने तत्काल अपना विचार स्थगित कर दिया। बुढ़िया आई तो उसने रसीद और दो ताले संजय को थमा दिये। उन तालों की चाबियों का गुच्छा कमरे में पड़ी कुर्सी पर रख दिया और वापस चली गई।

संजय ने कुर्सी पर से चाबियों का गुच्छा उठा लिया और स्वयं कुर्सी पर बैठ गया। वह सोचने लगा-रजनीश की बहन पूर्णिमा से तो वह सीधा भी मिल सकता था। उसका यह इरादा उस पल तब्दील हुआ जब इंस्पेक्टर खादिम हुसैन के यहां से वह चला। वास्तव में वह पूर्णिमा को यह नहीं बताना चाहता था कि पुलिस या पुलिस का कोई आदमी उसके मकान के आस-पास मंडलाता रहा था, या कि उससे सीधा मिलने को आया था। वह पूर्णिमा को डराना नहीं चाहता था।

ठीक इसी समय संजय ने दूसरे सेट में पग-ध्वनि और धीमी-धीमी बात-चीत सुनी। वह सावधान हो गया। वह कुर्सी पर से उठा और दबे पांव उस दरवाजे तक पहुंचा जो सेटों में साझा था। उसने अपने कान दरवाजे के साथ सटा दिए। अब उसे दूसरे कमरे की आवाजें स्पष्ट सुनाई देने लगीं।

‘‘तुम्हें यहां नहीं आना चाहिए था, श्रद्धा! क्या तुमने देखा नहीं कि मेरे घर की निगरानी की जा रही है? अब मैं यहां से जा भी नहीं सकती...मजबूर हूं। रजनीश को मेरे इस घर का पता है। वह किसी भी समय आ सकता है।’’

‘‘पूर्णिमा! इसे होनहार ही समझो, वरना मुझे पूरा विश्वास है कि रजनीश बिल्कुल बेगुनाह है। अगर ईश्वर ने रजनीश की अक्ल ठिकाने लगी रहने दी तो उसे तुम्हारे पास आने की बजाय बलजीत के पास जाना चाहिए। वह उसका गहरा मित्र है। पुलिस को रजनीश और बलजीत की घनिष्ठता का बिल्कुल पता नहीं होगा।’’ श्रद्धा ने कहा।

‘‘बलजीत डरा हुआ है। वह भी मेरी तरह अपना मकान बदलना चाहता है। ‘मुकर्रम नगर’ से ‘नवाब गंज’ में जा आबाद होना चाहता है।’’

‘‘पूर्णिमा! एक बार मैं बलजीत से मिली थी। वह ‘मुकर्रम नगर’ की गली-नम्बर सात में रहता है, मकान नम्बर शायद 238 है।’’

‘‘हां।’’

संजय ने तत्काल इस मकान का नम्बर नोट कर लिया।

‘‘तुम यहां दुबकी पड़ी हो, थोड़ी देर के लिए मेरे घर चलो।’’

‘‘नहीं श्रद्धा। मेरी गैर हाजिरी में रजनीश आ गया, तब? बंधी पड़ी हूं। सात दिनों से छुट्टी लिये यहां बैठी हूं। यही एक चिंता खाये जा रही है कि वह न जाने कब आ जाये।’’

इसके आगे संजय ने उनकी बात-चीत नहीं सुनी। वह ‘मुकर्रम नगर’ जाकर बलजीत से मिलना चाहता था। संजय को पता था कि किसी नौजवान के बारे में उसकी बहन की बजाय किसी दोस्त को ज्यादा जानकारी हुआ करती है।

उसने अपने सेट के बड़े दरवाजे पर ताला लगाया और विधवा रूपवती के मकान से बाहर निकला। वह पार्क की दिशा में चल पड़ा जहां साइकिल-रिक्शा खड़े थे।

जब वह पार्क के पास पहुंचा तो उसने देखा कि वहां एक भी रिक्शापूलर अपनी रिक्शा के पास नहीं खड़ा था। पार्क के अंदर भीड़ लगी थी और सबके-सब वहीं थे। लोगों की उस भीड़ में संजय ने दो पुलिस-कांस्टेबलों और दो पुलिस-अधिकारियों को देखा। संजय की भी कुतूहल वाली रग फड़क उठी। वह भी पार्क में जा पहुंचा। उसने एक अधेड़ आयु के व्यक्ति को रोककर पूछा, ‘‘यहां क्या हुआ?’’

‘‘बाबूजी! जमाना बहुत खराब आ गया है। पार्क के फव्वारे से किसी जवान खूबसूरत लड़की का निचला धड़ मिला है। उसे देखकर कौन होगा जो अपनी आंखों के आगे हाथ नहीं रख लेगा। सभी का कहना है-यह उसी हरामी और सूअर का काम है-रजनीश का।’’ अधेड़ आदमी मुंह में कुछ बड़बड़ाता हुआ आगे बढ़ गया।

संजय तेजी से भीड़ में शामिल हो गया। पुलिस-फोटोग्राफर पार्क में बने फव्वारे से मिली नौजवान लड़की की लाश के निचले धड़ पर कैमरे का रुख किए हुए था। और भी फोटोग्राफर मौजूद थे, वे शायद समाचार-पत्रों के प्रतिनिधि थे। वे सब खटाखट उस निचले धड़ के फोटो उतारने में कई तरह के कोण बना रहे थे।

## 3

आगे बढ़कर संजय ने वह धड़ देखा-गोरा-चिट्टा, नर्म-मुलायम, साफ-स्वच्छ, किसी नवयुवती का निचला धड़। संजय की दृष्टि उस की जांघों के बीच गई तो सचमुच ही उसकी आंखें बंद हो गईं। धड़ का वह हिस्सा किसी की बर्बरता और पशुता का भयानक नमूना था। किसी ऐसे नीच का वह कुकृत्य जान पड़ता था जो यातना देकर सुख पाने वाला कोई कामुक पागल ही कर सकता है।

वह एक पुलिस-अधिकारी के पास पहुंचा। उसने उसे अपना परिचय दिया। परिचय सुनते ही पुलिस-अधिकारी ने संजय को सिर से पांव तक देखा। सारे पुलिस-विभाग में यह समाचार आग की तरह फैल चुका था कि डी॰ आई॰ जी॰ सिन्हा ने दिल्ली से सुविख्यात जासूस को मौजूदा हत्याकाण्ड को हल करने के लिए बुला रखा है। सब-इंस्पेक्टर तनकर और एड़ियां जोड़कर खड़ा हो गया, जैसे संजय भी कोई बड़ा पुलिस-अधिकारी हो। दूसरे पुलिस-अधिकारी ने जब अपने अधिकारी को संजय के सामने फौजी ढंग से सैल्यूट करते पाया, तो स्वाभाविक था कि वे भी प्रभावित होते। वे संजय को कोई नया अफसर समझने लगे।

संजय ने पूछा, ''क्या यह धड़ अभी मिला है?''

''कोई एक घण्टा हुआ है, सरकार!'' इंस्पेक्टर बोला।

''पार्क में आने वाला हर कोई फव्वारे में जरूर झांकता हुआ गुजरता है, फिर यह धड़ इतनी देर से क्यों मिला?'' संजय ने पूछा।

''सरकार! किसी ने बड़ी चालाकी से काम लिया। वह रात को यह आधा धड़ कहीं से लाया होगा, साथ ईंट भी लाया होगा। उसने ईंटों की एक फुट ऊंची, दीवार फव्वारे की दीवार के साथ-साथ उठाई और यह धड़ उस दीवार के पीछे रख दिया। धड़ के ऊपर भी वह ईंट लगाकर गया। यही वजह है कि पार्क में से आने-जाने वाले यही समझते रहे कि ईंटें फव्वारे की मरम्मत के लिए लाई गई हैं।''

''बहुत अच्छे!'' संजय के मुंह से निकला।

सब-इंस्पेक्टर ने यह जानने के लिए कि संजय कितना बुद्धिमान जासूस हो सकता है, एक सवाल पूछा, ''सरकार! किसी युवती या लड़की की हत्या करके उसका आधा धड़ किसी फव्वारे में रखने का क्या मतलब हो सकता है? अगर हत्यारे ने किसी लड़की की हत्या करनी ही थी तो वह इसकी या उसकी लाश जला-फूंक भी सकता था।''

संजय मुस्कराकर बोला, ''आपने शायद मौजूदा हत्याकाण्ड पर ध्यान नहीं दिया। हत्यारे के बारे में यह मशहूर हो चुका है कि वह जंगल से भागे हुए किसी हिंसक जानवर की तरह है। वह किसी को भी झंझोड़कर रख सकता है। यह धड़ लोगों के दिलों में नया डर पैदा करने के लिए फव्वारे में लाकर रख दिया गया है।''

सब-इन्स्पेक्टर चकित होकर संजय का चेहरा देखता रह गया। उसके दिल में संजय के लिए सम्मान और भी अधिक हो गया।

□ □<br>□ □

थोड़ी देर के बाद संजय 'मुकर्रम नगर' की गली सात के मकान नम्बर 238 के सामने था। मकान के सामने का द्वार आधा खुला पड़ा था। द्वार के पीछे संजय को कोई तेज-तेज हरकत नजर आई। वह दरवाजे के सामने जा खड़ा हुआ। अंदर उन्तीस-तीस वर्ष का एक नौजवान बहुत-सा सामान बांध चुका था और शेष सामान वह समेटने और बांधने में व्यस्त था। उसकी नजर द्वार पर खड़े संजय पर पड़ी। उसके हाथ सूटकेस बंद करते-करते रह गये।

''कौन? आप क्या चाहते हैं?''

संजय ने अपने बारे में कुछ छिपाना मुनासिब न समझा। वह जानता था कि अगर वह स्पष्टवादिता से काम लेगा तो रजनीश के बारे में उसके दोस्त से काफी जानकारी बटोर सकेगा। उसने बता दिया, ''मैं संजय हूं। जासूस हूं। आपसे रजनीश के बारे में कुछ पूछने आया हूं। आप...रजनीश के दोस्त मिस्टर बलजीत हैं न?''

उस नवयुवक ने स्वीकृति में सिर हिला दिया।

''आप शायद यहां से 'नवाब गंज' में स्थानान्तरित हो रहे हैं।'' बलजीत फटी-फटी आंखों से संजय को घूरने लगा, फिर संभलते हुए बोला, ''आपको मेरा नाम, मेरा धाम और मेरे भावी प्रोग्राम का कैसे पता चला?''

संजय मुस्कराते हुए बोला, ''मैं आपको बता चुका हूं कि मैं एक गुप्तचर हूं। आप व्यर्थ ही 'नवाब गंज' जाने का कष्ट उठा रहे हैं। वैसे...यहीं रह जाना आपके ही हित में है।''

''शायद आप ठीक कह रहे हैं।'' बलजीत ने निराशापूर्ण आवाज में स्वीकारा। आज उसने सामान बांधने और मकान बदलने को छुट्टी ले रखी थी। उसकी सारी मेहनत अकारथ चली गई थी। उसका यह भेद खुल गया था कि वह रजनीश का दोस्त है और 'मुकर्रम नगर' में रहता था।

''क्या आप मुझे भीतर आने की आज्ञा नहीं देंगे?'' संजय ने पूछा।

''आइये-आइये! बैठिये!'' बलजीत ने एक कुर्सी की ओर इशारा करते हुए कहा, ''कहिये, मैं आपके लिए क्या लाऊं? बीयर तो नहीं, शर्बत पेश कर सकता हूं।''

''चलेगा, आप शर्बत ही लाइये।'' कहकर संजय कुर्सी पर बैठ गया।

बलजीत शर्बत का ग्लास ले आया। संजय ने एक घूंट भरते हुए कहा, ''मैं आपका अधिक समय नहीं लूंगा। मेरा पहला सवाल यह है कि रजनीश का पिछला जीवन कैसा रहा है?''

‘‘बहुत ही शानदार। वह अपनी क्लास का योग्यतम विद्यार्थी था। फुटबॉल खेलने में यूनिवर्सिटी-भर में उसकी टक्कर का कोई नहीं था। वह एक स्कूल-टीचर का बेटा है। उसके पिता का बदरीनाथ की यात्रा के दौरान स्वर्गवास हो गया था। मुसाफिर बस एक खड्डे में जा गिरी थी। उसकी माता बुरी तरह पागल हो गई थी। वह भी अस्पताल में जाकर दम तोड़ गई। रजनीश ने ही अपनी बहन शेफाली की परवरिश की।’’

‘‘क्या रजनीश लड़कियों का भी शैदाई रहा है?’’

‘‘बिल्कुल नहीं। उसके बारे में ऐसी खबर मैं अभी आपके मुंह से ही सुन रहा हूं। संजय साहब, इंसान की जिन्दगी कई दुर्घटनाओं का संगम है। रजनीश मेरा बेहतरीन दोस्त रहा है। मैं कभी कल्पना भी नहीं कर सकता कि हमारी दोस्ती और हमारी जिन्दगी में एक ऐसा पड़ाव भी आएगा कि मैं अपने मित्र से डर मानने लगूंगा। मैं उससे इस कारण भाग रहा हूं कि वह आजकल कहीं मुझसे मिलने न चला आये।’’

‘‘पहली लड़की की हत्या और तीसरी लड़की की हत्या के दौरान क्या वह कभी आपसे मिला था?’’ संजय ने पूछा।

‘‘नहीं, मैं बता चुका हूं कि वह मेरा गहरा दोस्त रहा है। उसने आप ही मुझसे मिलने में कन्नी काटी। पुलिस उसके पीछे छाया की तरह लगी थी। वह मुझे किसी उलझन में नहीं फंसाना चाहता था। जबकि वह पुलिस की पकड़ में आकर निकल भागा है, वह किसी पल भी मेरे पास एक-दो दिन शरण पाने के लिए आ सकता है। यह जिन्दगी अगर ट्रैजेडी नहीं तो और क्या है कि मेरा बेहतरीन दोस्त मेरे लिए ही जबरदस्त खतरा बन गया है। लोग उसे अत्याचारी, हिंसक और भेड़िया कह रहे हैं। मेरी राय उनसे अलग है। इसलिए नहीं कि वह मेरा दोस्त, बल्कि इसलिए कि मैं उसे बेगुनाह समझता हूं। इतना खून उसके सिर पर किसी की ओर से थोपा जा रहा है। रजनीश तो इतना नेक है कि उसने अपनी बदचलन पत्नी को भी क्षमा कर दिया था। वह चाहता तो अपनी पत्नी को ठिकाने भी लगा सकता था, लेकिन उसने खिले माथे अपना सर्वस्व सौंपकर उसे विदा कर दिया।’’

‘‘क्या उसकी कोई पत्नी भी थी?’’ संजय को विश्वास नहीं आया था।

‘‘दो साल पहले तक वह एक खूबसूरत पत्नी का वफादार पति था। कलकत्ता फुटबॉल खेलने गया था तो एक लड़की उस पर लट्टू हो गई। रजनीश को वह लड़की पसन्द आई। लड़की ने आग्रह किया कि फौरन उसके साथ शादी कर ले, वरना उसके माता-पिता उसे एक बूढ़े से ब्याह देंगे। रहमदिली और प्यार के प्रभाव में रजनीश ने उससे शादी कर ली। शादी के एक महीने बाद उसे पता चला कि उसकी पत्नी गर्भवती है। राजश्री नाम था उसका। उसने इसी कारण शादी में जल्दबाजी से काम लिया था। इसी वजह से उसके मां-बाप किसी बूढ़े के साथ उसकी जीवन-डोर बांध रहे थे।’’

‘‘राजश्री अब कहां है?’’ संजय ने बात आगे बढ़ाने के लिए पूछा।

‘‘वह ‘पटवर्धन नृत्य-संगीत मण्डली’ की सदस्या बन गई है, जिसका कार्यालय ‘डाली गंज’ में है। ‘पटवर्धन नृत्य-संगीत मण्डली’ शनिवार और रविवार को विभिन्न होटलों में कव्वाली, दोगाने, समूहगान और सामूहिक नाच के प्रोग्राम पेश करती है।’’

संजय ने रजनीश के साथी से राजश्री का पता सुनकर अपने दिमाग में अंकित कर लिया। फिर वह बोला, ‘‘आप इसी मकान में रहिये। किसी दूसरी जगह जाने में रत्तीभर भी लाभ नहीं है। इसी में आपका कल्याण है।’’ यह राय देकर संजय सीधा ‘शामे-अवध’ होटल पहुंचा।

दोपहर के खाने का समय हो रहा था। उसके सहयोगी उसी की प्रतीक्षा में थे।

नरेन्द्र को शायद भूख ने बुरी तरह सता रखा था। वह झल्लाकर बोला,‘‘अगर आप खाने-पीने के लिए हमें यूंही इंतजार कराते रहेंगे तो हुलिया बदलने में कोई कसर नहीं रहेगी। जान पड़ता है कि जिस तरह प्राणहीन कंकालनुमा शरीरों की कल्पना लखनवी शायरी में है, हम हू-ब-हू उसकी तस्वीरें दिखाई देने लगेंगे। सुना है कि ऐसा ही एक कृशकाय, यानि सींकिया नौजवान एक बार डॉक्टर के पास कब्ज की शिकायत लेकर गया। जाहिर है कि डॉक्टर उसे जुलाब देता। वह नौजवान था लखनवी शायर। अगले दिन भी डॉक्टर की सेवा में पहुंचा। कब्ज उसे बदस्तूर थी। डॉक्टर ने इस बार कुछ तेज दवा दे दी। उससे अगले दिन भी शायर साहब वही शिकायत लेकर हाजिर हुए। डॉक्टर ने तीसरे दिन उसे दवा देने की बजाय दो रुपये का नोट दिया और बोला-जाओ, जाकर पहले खाना खाओ, तभी तो शौच की हालत बनेगी। हमारी भी दुर्दशा कुछ वैसी ही समझिये कि कुछ खाएंगे नहीं तो तबीयत कैसे खिलेगी?’’

इस पर सभी हंस दिये। प्रवेश ने कहा, ‘‘भूखे को तो कुदरती कब्ज होती है। चिन्ता में मत फुंको, जरा नीयत साफ रखो।’’

‘‘प्रवेश यार। तुम तो सिड़ी आदमी हो।’’ नरेन्द्र कुढ़कर बोला, ‘‘बीवी नहीं मांगता, बहू नहीं चाहता, मगर रोटी भी न नसीब हो, यह कोई तुक की बात नहीं?’’

‘‘तो मुझ पर क्यों बरसते हो?’’ प्रवेश ने अपने बचाव में कहा, ‘‘बहू-बीवी तुम्हारे भाग्य में नहीं है तो क्या मैं बन जाऊं?’’

‘‘हाय रे हाय।’’ नरेन्द्र ने हीजड़ों की तरह ताली बजाकर प्रवेश को चूम लिया, ‘‘तेरे-जैसे छोकरे को तो मैं अंगूठी बनाकर फिरती रहूंगी, मेरे बलमा।’’

इस पर सभी खिलखिला उठे।

दोपहर का खाना खाते हुए संजय ने अपने साथियों को हत्याकाण्ड की उलझनों की जानकारी दी और अगले दिन से पूरी सामर्थ्य के साथ जुट जाने का हुक्म सुनाया।

□ □<br>□ □

बाद दोपहर चाय पीकर संजय 'डाली गंज' में पहुंचा। वहां वह 'पटवर्धन नृत्य-संगीत मण्डली' के प्रधान कार्यालय में पहुंचा। मण्डली के प्रबन्धक ने उसे बताया, ''आज चूंकि शुक्रवार है मण्डली को कोई प्रोग्राम नहीं करना है। राजश्री अपनी सहेलियों और साथियों के साथ कानपुर गई हुई है। सवेरे लौटेगी।''

संजय निराश होकर लौट आया। होटल पहुंचकर उसने अर्चना से कहा, ''मेरा सूटकेस, अटैची, थरमॉस...बस, इतना सामान तैयार कर दो। मुझे एक रात के लिए कहीं जाना है। मेरे पास ऐसा सामान होना चाहिए जिससे यह पता लगे कि मैं सोने आया हूं या सफर पर जा रहा हूं।''

□ □

□ □

रात का खाना खाने के बाद संजय ने अर्चना से कहा, ''इंस्पेक्टर खादिम हुसैन ने जो कार भेजी है, मुझे उसी में 'महानगर एक्स्टेंशन' छोड़ आओ।''

रात के दस बजे का समय था।

विधवा रूपवती के मकान से कुछ पहले ही अर्चना ने संजय को छोड़ दिया। सामान से लदा-फदा संजय विधवा के मकान में पहुंचा। उस समय सारा मकान अंधकार में लिपटा था। दूसरी मंजिल पर जाने वाली सीढ़ियों में बत्ती ही नहीं थी।

संजय अपने दो कमरों वाले सेट की ओर बढ़ा। सूटकेस वगैरह फर्श पर रखकर उसने जेब से विधवा रूपवती का दिया हुआ चाबियों का गुच्छा निकाला। अंधेरे में उसने दरवाजे का ताला टटोला तो वह सख्त हैरान हुआ। ताला खुला हुआ था।

क्या वह ताला लगाना भूल गया था।

तभी उसे याद आया कि ताला तो वह लगाकर गया था। फिर किसने ताला खोला? उसे मकान-मालकिन की बात याद आ गई। उसने पहले ही चेता दिया था कि जब जाओ, ताला लगाकर जाओ। इसका मतलब था कि इस क्षेत्र में चोरियां ज्यादा होती हैं।

वह इस बात पर मुस्करा दिया कि चोर को निराशा ही हाथ लगी होगी। जब अंदर कुछ था ही नहीं तो उसे मिलता भी क्या? उसने दरवाजे पर हाथ रख दिया और सूटकेस उठाकर कमरे में प्रविष्ट हुआ। बारी-बारी से उसने सारा सामान उठाकर कमरे के फर्श पर रख दिया। बिजली का स्विच टटोलने के लिए वह दीवार के साथ-साथ चलने लगा। बोर्ड पर हाथ पड़ते ही उसने स्विच दबा दिया।

कमरे में उजाला फैल गया।

तत्काल संजय दीवार के साथ सट गया। वह कमरे में पड़े पलंग की ओर गंभीर नेत्रों से देख रहा था। उसके पलंग पर लम्बी टांगों वाली एक लड़की बैठी थी। उसके हाथ में रिवॉल्वर

था। उसकी आंखों और आधे चेहरे पर नकाब चढ़ा हुआ था। उसने मिनी स्कर्ट पहन रखा था। जिसमें से उसका नायलोन का जांघिया नजर आ रहा था। उसके ब्लाउज के गिरेबान की काट-छांट भी कामोत्तेजक थी। ब्लाउज इस तरह का था कि उसके स्तनों की गोलाइयां हर घड़ी आधी-आधी उघाड़े हुए था।

''खबरदार जो कोई हरकत की।'' उस लड़की ने कहा। उसका स्वर दृढ़ता में डूबा हुआ था।

संजय ने कोई हरकत न की। वह समझा कि सामने बैठी लड़की उसे किसी दूसरे के भ्रम में धमकी दे रही है। वह बोला, ''यह मेरा कमरा है। क्या मैं अपने कमरे में नहीं हिल-जुल सकता?''

''आप...इस कमरे में रहते हैं?'' नकाबपोश लड़की ने पूछा।

''मैंने यह कमरा आज दोपहर को किराए पर लिया है। यहां मैं रहने के लिए आया हूं।'' संजय ने बताया।

इस जवाब से लड़की के चेहरे पर से तनाव हटने लगा। रिवॉल्वर अब भी उसके हाथ में उसी प्रकार तना हुआ था। उसने नया प्रश्न किया, ''आपने यह कमरा किराए पर क्यों लिया? आप कौन हैं?''

''मैं एक कम्पनी का एजेन्ट हूं।''

''आप झूठ बोल रहे हैं।''

संजय उस लड़की के स्वर की दृढ़ता से समझ गया कि उसके सामने झूठ बोलना भारी मूर्खता होगी। उसने बता दिया, ''मैं संजय हूं...जासूस। आप कौन हैं?''

उस लड़की ने अपने चेहरे पर से नकाब उतार दिया और बोली, ''मैं रजनीश की बहन हूं-शेफाली...पूर्णिमा।'' रिवॉल्वर अब भी उसके हाथ में तना हुआ था। शेफाली उर्फ पूर्णिमा ने कठोर स्वर में कहा, ''क्या परिचय-कार्ड आपके पास है?''

''है। दिखाऊं क्या?''

''दिखाओ।''

संजय ने जेब से अपना परिचय-कार्ड निकालकर पलंग पर फेंक दिया। शेफाली ने रिवॉल्वर दाहिनी हथेली में साध रखा था और बाएं हाथ से परिचय-कार्ड खोल रही थी। उसने कार्ड पढ़ लिया।

''आपकी तसल्ली हुई कि नहीं?'' संजय ने पूछा।

शेफाली के चेहरे पर का तनाब अब और नम्र पड़ गया।

''आप इस कमरे में क्यों आईं? क्या आप अपने कमरे में डरती थीं कि कोई आपको ढूंढता हुआ आ पहुंचेगा? क्या इसीलिए आप उससे बचने के लिए इस कमरे में चली आईं?'' संजय ने पूछा।

''क्या आप समझते हैं कि मैं अपने भाई से डर रही थी? जनाब, मुझे अपने भाई से प्यार है। मेरा भाई निर्दोष है। उसने किसी की जान नहीं ली। मैं तो प्रार्थना कर रही हूं कि मेरा भाई मुझसे मिलने आए, लेकिन मकान के बाहर पुलिस जो पहरा दे रही है। पुलिस का अभी अलग झंझट था, अब आपने यह कमरा किराये पर ले लिया है। वह आएगा तो मैं क्या करूंगी?''

''मैं फिर यह बात कहूंगा कि आप अपने भाई का नहीं, बल्कि किसी और का इंतजार कर रही हैं, डर भी रही हैं। या फिर...दूसरी बात यह हो सकती है कि आपके कमरे में कोई और सो रहा है। और आपका इस कमरे में आना जरूरी हो गया है।'' संजय ने कहा।

शेफाली आश्चर्य से संजय का मुंह तकने लगी। वह सोचने लगी-क्या सभी जासूस इतने ही चालाक और दूरदृष्टा होते हैं। उसने संजय की बात को टालते हुए अपना सवाल दोहराया, ''आपने यह कमरा किराए पर क्यों लिया?''

''रजनीश की मदद के लिए, अगर...वह निर्दोष है।''

''रजनीश सर्वथा निर्दोष है।'' कहकर वह उठ खड़ी हुई। उसने कहा, ''मेरे साथ मेरे कमरे में चलिए। आप अपनी आंखों से देख लीजिये कि मेरे कमरे में कोई नहीं है।'' कहकर वह उसे अपने कमरे में ले गई और बत्ती जला दी।

शेफाली का कमरा साफ-सुथरा था। उसका फर्नीचर भी उत्कृष्ट था। संजय ने देखा कि पलंग पर कोई सोया पड़ा था। दूसरी नजर में ही वह पहचान गया कि पलंग पर कोई नहीं था। तकिये, कम्बल और चादर को इस तरह लपेट दिया गया था कि उससे पलंग पर किसी के लेटे होने का भ्रम होता था।

''देख लिया आपने कि मेरे कमरे में कोई नहीं? जनाब अब भी मैं आपसे झूठ नहीं बोलूंगी। मैं सचमुच किसी का इंतजार कर रही थी।'' शेफाली बोली।

''किसका?''

''मेरे मन में कांटे की तरह यह आशंका चुभ रही थी कि जिस किसी ने भी हत्या की वारदातें की हैं, वह मेरे पास पहुंचेगा।''

''आपका मतलब यह है शायद कि..उस आने वाले के लिए आपने यहां जाल बिछा दिया है। तभी शायद आप रिवॉल्वर ताने मेरे कमरे में चली गई थीं।''

''हां, उससे अपने भाई का बदला लेने पर तुली बैठी हूं। उस जालिम ने व्यर्थ में क्यों मेरे भैया को संकट में डाल रखा है? इस आघात से रजनीश का दिलो-दिमाग हिल उठा है। वह इस चोट से संभलने के लिए पूरी शक्ति लगा रहा है।''

''शेफाली जी! आपकी यह धारणा कैसे बन गई कि आपके भाई ने खून नहीं किये? यह ठीक है कि पुलिस को उसके कमरे में उसका लहू-सना कोट मिला था और कोट में उसका वह रिवॉल्वर था जिससे पहली लड़की को कत्ल किया गया था। उससे धोखा किया गया था। कोई उसका कोट और रिवॉल्वर चुरा कर ले गया होगा, फिर उसने लड़की को गोली मारने के

बाद कोट और रिवॉल्वर वापस रख दिया। हत्यारे ने ही पुलिस को फोन किया कि लड़की की हत्या रजनीश ने की है।''

''आपके पास किसका रिवॉल्वर है?'' संजय ने पूछा।

''यह भी रजनीश का है। उसकी जान पर बनी हुई थी। वह यह रिवॉल्वर मुझे इसलिए दे गया था कि इससे मैं अपनी रक्षा कर सकूं।''

संजय की नजरें मेज पर रखे सुनहरी फ्रेम में जड़ी हुई एक सजीले युवक की फोटो पर केन्द्रित थीं।

शेफाली बोली, ''यह रजनीश है।''

संजय ने मेज पर से फ्रेम उठा लिया और चित्र को ध्यानपूर्वक देखने लगा। चित्र में रजनीश गहरी चिन्ता में डूबा हुआ था। उसकी आंखें निंदियारी थीं और उसने अपने दोनों हाथों की मुट्ठियों पर अपनी ठोड़ी टिका रखी थी। संजय ने एक बात विशेष रूप से नोट की कि रजनीश के हाथ बहुत बड़े थे।

अभी संजय उस चित्र को देख ही रहा था कि उसने पास ही से गोली चलने की आवाज सुनी। रजनीश की तस्वीर उसके हाथ से छूट गई। उसने दरवाजे की ओर देखा और रिवॉल्वर को निकालने के लिए जेब में हाथ डाला।

काला नकाब पहने एक व्यक्ति तेजी से मुड़कर सीढ़ी की ओर जा रहा था। उसके हाथ बहुत बड़े-बड़े थे। संजय ने निशाना साधकर गोली चला दी, लेकिन हमलावर सीढ़ी में लुप्त हो चुका था।

संजय जल्दी के साथ शेफाली के कमरे से निकला। वह रोशनी में से अंधेरे में आया तो उसकी आंखें कुछ देख न सकीं। हमलावार भाग निकलने में कामयाब हो गया था।

**4**

संजय फिर शेफाली के कमरे में आ गया। शेफाली फर्श पर गिर पड़ी थी। गिरते समय उसका सिर पलंग से टकरा गया था और पलंग पर ही टिका रह गया था। धड़ उसका टेढ़ा था और दोनों टांगें दूर तक नंगी थीं। उसकी गर्दन से खून बह रहा था।

संजय ने आगे बढ़कर उसके वक्ष पर हाथ रख दिया। शेफाली के दिल की धड़कन बंद हो चुकी थी। वह प्राण त्याग चुकी थी। रिवॉल्वर अब भी उसके हाथ में मौजूद था।

इतने में विधवा रूपवती के मकान के बाहर लोगों का शोर सुनाई दिया। रूपवती कुछ लोगों को साथ लिए हुए ऊपर आ पहुंची। शेफाली की मृत्यु पर संजय इस तरह से बेसुध हो गया कि उसे अपने हाथ में रिवॉल्वर होने का ध्यान ही न रहा।

रूपवती सबसे आगे थी। उसने कमरे के अंदर झांककर देखा, संजय हाथ में रिवॉल्वर लिए शेफाली की लाश के पास खड़ा था। जैसे ही रूपवती की निगाह शेफाली की गर्दन से

बहते लहू पर पड़ी तो वह चिल्लाने लगी, ''हाय! मैंने एक हत्यारे को आज ही कमरा किराए पर दिया था। यह रहा वह हत्यारा। जालिम ने एक नेक और मासूम लड़की को गोली मार दी है।''

इतने में बहुत से और लोग भी ऊपर चढ़ आए थे। वे मुक्के तानकर और दांत भींचकर संजय की ओर बढ़े, जैसे मार-मारकर जान निकाल डालेंगे।

संजय बिल्कुल नहीं डरा। वह इस बात पर अवश्य चकित था कि पुलिस के जो कर्मचारी उस मकान की निगरानी कर रहे थे, कहां चले गए थे? उनकी मौजूदगी में हमलावर इस मकान में घुस कैसे आया?

भीड़ आहिस्ता-आहिस्ता संजय की ओर बढ़ रही थी, लेकिन संजय के हाथ में रिवॉल्वर देखकर एकदम हमला करने से डर रही थी।

तभी भारी कदमों की आहट सुनाई दी। एक भारी-भरकम व्यक्ति आया। उसके हाथ में रिवॉल्वर था। उसके माथे पर नील था और उसकी दाहिनी आंख काली पड़ी हुई थी। संजय समझ गया कि वह सफेदपोश पुलिस-कर्मचारी है, जो विधवा के इस मकान की निगरानी करता रहा होगा।

पुलिस-कर्मचारी ने रौबीली आवाज में लोगों को रास्ता छोड़ने की हिदायत की। उसने सीढ़ियों में ही सुन लिया था कि शेफाली, यानि रजनीश की बहन को गोली मारकर ढेर कर दिया गया था। वह कुहनी से लोगों को हटाता हुआ आगे आया। संजय को देखकर वह मुस्कराया। उसे उसने फौजी सैल्यूट पेश करते हुए कहा, ''संजय बाबू! मैं थानेदार निहालचन्द हूं! आप ठीक-ठाक हैं न?''

संजय हैरान हुआ कि थानेदार निहालचन्द उसे कैसे जानता था। वह बोला, ''हत्यारे ने मुझ पर वार नहीं किया। आप...मुझे कैसे जानते हैं?''

थानेदार निहालचन्द हंसने लगा। वह बोला, ''दोपहर को जब आप इस मकान में आए थे तो हमने आपका हुलिया बताकर सदर कोतवाली में इंस्पेक्टर खादिम हुसैन को फोन किया था। हमने पूछा था कि इस सिलसिले में हम क्या करें? तब इंस्पेक्टर ने बताया कि आप कौन हैं और किस सिलसिले में यहां आये हैं।''

दूसरी मंजिल पर एकत्र लोगों को तत्काल अपनी भूल का अहसास हो गया कि अगर उन्होंने थोड़ी भी जल्दबाजी कर दी होती, तो बड़ा भारी जुल्म हो जाता।

संजय ने निहालचन्द से कहा, ''थानेदार साहब! आप तो मकान की निगरानी पर थे, क्या आपके साथ कोई और भी था?''

''हां, हवलदार लक्ष्मणदास था। मुझ पर एक औरत ने हमला किया। लक्ष्मणदास मकान की दूसरी ओर था। उसने आकर मुझे बेहोश देखा होगा, तो पागल हो गया होगा। उसे यह शक हुआ होगा कि जिस किसी ने भी मुझ पर वार किया था, वह अधिक दूर नहीं गया होगा। वह

उसकी तलाश में निकल गया होगा। आप हैरान हैं कि लक्ष्मणदास अब तक लौट क्यों नहीं आया? मुझे जैसे ही होश आया, मैंने लोगों को इस मकान की ओर झपटते पाया। मुझे पता लगा कि शेफाली की गोली मारकर हत्या कर दी गई है। हैरान हूं कि जब आप यहां मौजूद थे, फिर हत्यारा इस लड़की पर वार करने में कैसे सफल रहा?''

संजय बोला, ''होनी को कौन टाल सकता है? मैं अगर इस कमरे में रजनीश की तस्वीर देखने में लीन न होता, तो हत्यारा अपने इरादे में कभी सफल न हो पाता। अब आप मुझे विस्तार से बताइये कि आप पर किस औरत ने हमला किया और कैसे किया?''

''वह औरत तो जनाब, बड़ी फैशनेबल थी। खूब पी रखी थी उसने। वह मेरे पास लड़खड़ाती हुई आई। उसके होंठों में सिगरेट दबा हुआ था जो जल नहीं रहा था। उसने मेरे पास आकर कहा-''जरा दियासलाई दीजिए। मेरी माचिस की डिबिया न जाने कहां गिर गई।'' मैंने समझा कि वह आसपास रहने वाली कोई अमीर औरत है, पी-पिलाकर हवाखोरी के लिए निकली होगी। मैं जेब में से दियासलाई की डिबिया निकालने लगा। उस औरत ने अपनी जैकेट में से हाथ निकाला और मेरी आंख पर मुक्का जड़ दिया। मैं केवल इतना देख सका और महसूस कर सका कि उसका हाथ लोहे के किसी सांचे में था। यही वजह है कि एक ही मुक्का खाकर में बेसुध हो गया।'' थानेदार ने आत्म कथा सुनाई।

''क्या आप उस औरत का हुलिया बयान कर सकते हैं?''

''औरत तो भरपूर जवान थी। सीने पर उभार ऐसा था कि जब वह मेरे पास आकर खड़ी हुई तो उसके स्तन मेरे सीने को छूए हुए महसूस हो रहे थे। आंखें उसकी मदभरी थीं-हरी और भूरी। बाल उसके घुंघराले और सुनहरे थे।

संजय को याद आया कि जब इंस्पेक्टर खादिम हुसैन ने उसे मौजूदा हत्याकाण्ड की बाबत विस्तार से बताया था तो उसने रजनीश की मंगेतर चन्द्राणी का हुलिया भी बयान किया था। थानेदार निहालचन्द के बयान किये हुलिये से वह हुलिया मिलता-जुलता था। एक और बात ने भी संजय को अचम्भे में डाल दिया था। उसने नकाब-पोश के हाथों को भी ध्यान से देखा था जिसने शेफाली पर गोली चलाई थी। नकाब-पोश के हाथ बहुत बड़े-बड़े थे। तो क्या रजनीश ने अपनी बहन को भी गोली मार दी?

तभी एक लम्बा-चौड़ा व्यक्ति ऊपर आया। उसकी कनपटी पर गहरा घाव था। थानेदार निहालचन्द ने उसे देखा तो बोला, ''अरे लक्ष्मणदास! तुम कहां थे?''

''थानेदार साहब! मैंने आपको बेहोश देखा तो सोचा कि अभी-अभी तो मैं आपको छोड़कर मकान के गिर्द गश्त लगाने गया था। दो मिनट में आप पर वार करके कौन भाग गया? मुझे सूझा कि हमलावर अभी ज्यादा दूर नहीं गया होगा। मैंने उसका पीछा किया। मुझे कोई नजर न आया। हां, एक औरत मुझे घास पर गिरी हुई दिखाई दी। मैंने उसे उठाया तो वह मेरे सीने से लगकर रोने लगी और शराबियों जैसे लहजे में बोली-''मैं भटक गई हूं। मुझे घर पहुंचा

दो। मैं चल नहीं सकती। चलती हूं तो गिर पड़ती हूं। आज मैं सोचे-समझे बगैर बहुत ज्यादा पी गई हूं।'' फिर वह बिजली की-सी तेजी से जरा हटी। मैंने तब अपनी कनपटी पर जलन महसूस की। ऐसे जान पड़ा, जैसे किसी ने मेरी कनपटी पर अंगारा रख दिया हो। मेरी आंखों के आगे तारे नाचने लगे। मैंने घास पर गिरते हुए गोली चलने की आवाज सुनी।''

''लक्ष्मणदास! तुमने मुझे होश में लाने की बजाय हमलावर का जो पीछा किया, वह तुम्हारी भूल थी। इस मकान में एक ही नहीं दो गोलियां चलीं। कोई शेफाली को गोली से उड़ा गया जिसकी निगरानी हमारे जिम्मे थी। डी॰ आई॰ जी॰ के सामने हम दोनों को शर्मिन्दा होना पड़ेगा।''

संजय बोला, ''थानेदार साहब! शेफाली की लाश आप संभालिये, अपने क्षेत्रीय पुलिस-डाक्टर और दूसरे पुलिस-दल को बुलवाइये। मैं यहां से चलता हूं। शेफाली की मौत ने यहां मेरा काम खत्म कर दिया है।''

इसके बाद वह किराए पर लिए हुए अपने कमरे में आया और अपना सामान उठाकर मकान से बाहर निकल आया। टैक्सी लेकर वह होटल 'शामे-अवध' की ओर रवाना हुआ। उसके साथी उसकी वापसी पर हैरान हुए, क्योंकि वह तो यह कहकर गया था कि रात कहीं और गुजारेगा।

संजय ने उनकी हैरत दूर करने के लिए शेफाली के हत्याकाण्ड की जानकारी दे दी। साथ ही अपनी राय भी जाहिर कर दी।

''जहां-जहां पांव धरेंगे सन्तान, तहां-तहां बटहाढार।'' नरेन्द्र ने नारा लगाया, ''रातें जब इधर-उधर काटने को मर्द लोग भटकेंगे, तो नतीजा और क्या होगा?''

''कोई बात नहीं, बेटे।'' संजय बोला, ''किसी दिन आप भी हमें ऐसा कहने का अवसर दे सकते हैं।''

''अजी, तभी तो कहते हैं कि जासूसी करना भी कोयले की दलाली के बराबर है। लाख बचकर निकलो, हाथ-पांव काले होकर ही रहेंगे।''

''नरेन्द्र जी ठीक कहते हैं।'' अर्चना बोली, ''बस, मुंह काला होने वाली बात है।''

संजय और प्रवेश की हंसी छूट गई।

''अर्चना! मुंह काला तो करवाना ही पड़ेगा-जब साथ-साथ रहेंगे और...''

नरेन्द्र की अधूरी बात का इशारा समझकर अर्चना ने आंखें झुका लीं। उसके चेहरे पर लाली बिछ गई। नरेन्द्र ने विषय बदल दिया, ''जानवर और हिंसक कभी भी मां-बहन में अंतर नहीं रखता।'' उसका इशारा रजनीश की ओर था जिसने अपनी बहन को गोली से भून डाला था।

वे देर तक इस केस के अलग-अलग पहलुओं पर बहस करते रहे और फिर सो गए।

अगले दिन सवेरे सात बजे ही डी॰ आई॰ जी॰ शत्रुघ्न सिन्हा ने संजय को सदर कोतवाली से फोन किया और उसे जल्द-से-जल्द कोतवाली में आने की प्रार्थना की।

संजय आधेक घण्टे में तैयार होकर सदर कोतवाली पहुंच गया।

इंस्पेक्टर खादिम हुसैन के ऑफिस में शेफाली की हत्या पर विचार-विनिमय शुरू हो गया।

''आपका केवल अनुमान है या विश्वास है कि रजनीश ने अपनी बहन को अपनी मंगेतर की सहायता से कत्ल किया?''

संजय बोला, ''जनाब! इस समय कोई भी बात विश्वास के साथ कह पाना कठिन है। पता उस समय लग सकता है जब कि सूत्रा हाथ लग जाय, प्रमाण मिल जाए और हत्यारे के मनोरथ की जानकारी हो। मैंने जो कुछ देखा, वह मैं आपके सामने बयान कर चुका हूं। थानेदार निहालचन्द जी ने औरत का जो हुलिया बताया था, उससे भी यह सिद्ध होता है कि वह चन्द्राणी ही थी। हमलावर के चौड़े हाथों से मैंने अनुमान लगाया कि वह रजनीश था। लेकिन...मेरा मन अब भी नहीं मानता कि वह रजनीश ही था। शेफाली ने मुझे बताया था कि उसे अपने भाई से गहरा स्नेह था। आप ही बताइये प्यारी बहन को कौन भाई कत्ल कर सकता है? एक बात जरूर है...और शक होने लगता है कि वह उसका भाई ही था।''

''वह क्या बात थी?'' इंस्पेक्टर खादिम हुसैन ने पूछा।

''शेफाली ने मेरे सामने मान लिया था कि असली हत्यारा उसे कहीं मार न डाले। वह डरी हुई थी। यही वजह है कि वह अपने कमरे में इस ढंग से बिस्तर लगा आई थी जैसे पलंग पर कोई सोया हुआ हो। वह मेरे कमरे में बत्ती बुझाकर पलंग पर बैठी थी। मैं समझता हूं कि शेफाली को किसी और का नहीं, बल्कि अपने भाई का ही इंतजार था और उसे यह आशंका थी कि उसका भाई आते ही उसे मौत के घाट उतार देगा।'' संजय ने बताया।

''क्यों?' डी॰ आई. जी॰ ने पूछा।

''मैं समझता हूं कि शेफाली कोई ऐसी हरकत कर बैठी थी जो उसके भाई को बिल्कुल पसन्द नहीं आई थी। बहरहाल, ये सब कोरी कल्पनाएं हैं। मुझे चूंकि हत्या की पहली तीन घटनाओं को पूरे विस्तार के साथ नहीं बताया गया, इसलिए अभी मैं कोई अंतिम रूप से अपनी राय देने में मजबूर हूं। आपसे मैं एक सवाल पूछना चाहता हूं।''

''पूछिये।'' डी॰ आई॰ जी॰ ने मुस्कराकर उत्तर दिया।

''हत्या की पहली वारदात के बाद जब आपने रजनीश के फ्लैट की तलाशी ली और उसके खून-भरे कोट से उसका रिवॉल्वर हासिल किया, तो क्या उस रिवॉल्वर पर रजनीश की उंगलियों के निशान पाए गए थे?''

‘‘नहीं।’’ इंस्पेक्टर खादिम हुसैन ने जवाब दिया, ‘‘रिवॉल्वर पर से उंगलियों के निशान साफ कर दिये गए थे। मगर...आपने यह सवाल क्यों पूछा?’’

‘‘वैसे ही।’’ संजय वास्तव में यही नहीं बताना चाहता था कि उसने यह सवाल क्यों पूछा था। उसने कहा, ‘‘ऐसा ही एक और सवाल भी करना चाहता हूं। रजनीश के कोट पर रक्त के धब्बे पाए गए थे क्या कोट पर मृत युवती के रक्त के ग्रुपवाले धब्बे थे?’’

‘‘जी हां, कोट पर जो रक्त था, लड़की के रक्त का भी वही ग्रुप था-ग्रुप ‘ओ’।’’ डी॰आई॰जी॰ ने जवाब दिया।

‘‘मैं पहली लड़की की हत्या की कहानी पूरे विस्तार से सुनना चाहता हूं।’’

संजय के जवाब में इंस्पेक्टर खादिम हुसैन ने कहानी शुरू की, ‘‘एक सज्जन हैं राधाकृष्ण भटनागर। बिजली के बल्ब बनाने वाली एक फैक्टरी में अकाउंटेंट हैं। ‘निराला नगर’ के बंगला नम्बर 832 के फ्लैट में रहते हैं। यह एक बहुत बड़ा बंगला है जिसमें बारह फ्लैट हैं। राधाकृष्ण भटनागर फैक्टरी में ओवर-टाइम लगाकर और ठर्रा पीकर अपने फ्लैट पर पहुंचे। नशे में वह धुत थे। गलती से अपने फ्लैट में जाने की बजाय एक ऐसे फ्लैट में प्रविष्ट हो गए जिसका दरवाजा खुला था। वह दरवाजा पार करके बेगाने फ्लैट में जा घुसे तो उन्होंने रजनीश को उस समय एक लड़की मेनका की हत्या करते देखा। मेनका एक ‘ब्यूटी शॉप’ में काम करती थी जो मादाम कृष्णा कीलर ने चला रखा है। मेनका अलिफ नंगी थी और मदहोश थी। रजनीश उसके उतारे हुए पेटीकोट को रस्सी की तरह बटकर उसका गला घोंट रहा था।’’

‘‘हूं।’’ संजय ने इस तरह कहा जैसे पूछ रहा हो-आगे क्या हुआ।

इंस्पेक्टर ने बताया, ‘‘भटनागर ने जैसे ही शोर मचाने के लिए मुंह खोला तो रजनीश ने झट से मेनका के गले में गांठ कसी और भटनागर की ओर लपका। उसने भटनागर को उठाकर पटक दिया। दोबारा धोबी-पटका मारा। भटनागर उठ न सका और बेहोश हो गया। उधर मेनका अपने गले से पेटीकोट की गांठ खोल चुकी थी। वह भी चीखने को थी कि रजनीश ने रिवॉल्वर निकाला और मेनका के पास जाकर उस पर दो गोलियां छोड़ीं। मेनका के पेट और मुंह से लहू के फव्वारे छूट गए। इससे रजनीश का कोट खून से भर गया। तब वह गोलियां चलाता, बंगले के निवासियों को धमकाता हुआ फरार हो गया।’’

संजय बोला, ‘‘भटनागर ने यह कैसे पहचाना कि मेनका का हत्यारा रजनीश ही था?’’

‘‘हत्यारे ने काले शीशों वाली ऐनक पहन रखी थी। ऐनक के नीचे काला नकाब था। भटनागर इसके बावजूद रजनीश को उसके सूट के कारण पहचान गया। उस सूट में रजनीश को वह मेनका के कमरे में आते-जाते कई बार देख चुका था।’’ डी॰ आई॰ जी॰ ने बताया।

‘‘यह तो कोई जानदार दलील न हुई।’’ संजय ने आपत्ति करते हुए कहा, ‘‘मुझे रजनीश की बहन शेफाली का यह बयान सही जान पड़ता है कि हत्यारे ने रजनीश का सूट चुराया और

वापस भी रख गया। यही वजह है कि भटनागर ने रजनीश को मेनका का कातिल समझ लिया।''

''आप तो रजनीश को संदेह का लाभ दे रहे हैं।'' इंस्पेक्टर बोला।

''वास्तव में मेरे मन में यह विचार कांटे की तरह खटक रहा है कि अगर मैं थोड़ा-सा गाफिल न हो जाता तो शेफाली को पूरी तरह बचा सकता था।'' संजय ने पश्चाताप-भरे स्वर में कहा, ''यही वजह है कि शेफाली की मौत के बाद मुझे उससे हमदर्दी पैदा हो गई है। मैं असली कातिल को ढूंढकर उससे पूरा बदला उतारना चाहता हूं, असली मुजरिम चाहे शेफाली का भाई ही क्यों न हो।'' कुछ रुककर वह बोला, ''क्या शेफाली के फ्लैट की अच्छी तरह तलाशी ली गई है?''

''हां।'' इंस्पेक्टर ने जवाब दिया।

''उसके सामान में से कोई उपयोगी चीज मिली?''

''कुछ नहीं मिला।'' डी॰ आई॰ जी॰ ने कहा।

''चाबियों का एक गुच्छा मिला है। वह शायद आपकी नजर में उपयोगी हो जाय।'' कहकर इंस्पेक्टर खादिम हुसैन ने मेज की दराज से चाबियों का गुच्छा निकाला और मेज पर रख दिया।

यह हाथी-दांत और धातु से बना एक छल्ला था। जिसमें छह चाबियां थीं। सभी चाबियां अलग-अलग साइज की थीं। संजय उन्हें बड़ी तीखी निगाहों से जांच रहा था।

इंस्पेक्टर ने कहा, ''इस गुच्छे में चार चाबियां ऐसी हैं जो शेफाली के सन्दूकों और दरवाजों पर लगाए जाने वाले तालों की हैं। शेष दो चाबियां फालतू हैं। न जाने ये दोनों किस ताले की हैं?''

संजय ने चाबियों का गुच्छा मेज पर से उठा लिया। वह इंस्पेक्टर के कथनानुसार उन्हीं दो खास चाबियों को घूर-घूरकर देखने लगा। एक चाबी पर एक अक्षर और चार अंक बने हुए थे- 278-एन-8। संजय ने पूछा, ''क्या मैं यह चाबियों का गुच्छा थोड़ी देर के लिए अपने पास रख सकता हूं।''

''जरूर रख सकते हैं।'' डी॰ आई॰ जी॰ बोला।

''रजनीश का फ्लैट कहां है जहां से आपने उसका रक्त-रंजित कोट और रिवॉल्वर बरामद किया था?'' संजय ने पूछा।

''यहां 'हसनगंज' जाइये तो वहां आपको एक ही हवेली मिलेगी उसी में उसका फ्लैट है जिसका छह नम्बर है।''

''ठीक है, मैं आपसे फिर मिलूंगा।'' संजय ने उठते हुए कहा। वह कोतवाली से सीधा रजनीश के फ्लैट की ओर चल पड़ा।

## 5

'हसनगंज' की हवेली पुरानी भी थी और नई भी। वह हवेली भवन-शिल्प का एक दिलकश नमूना था। उसमें उत्तरप्रदेश-सरकार के उच्चाधिकारियों के परिवार रहते थे। रजनीश का फ्लैट नम्बर छह बंद पड़ा था। उसने चाबियों का गुच्छा निकाला। एक चाबी उस फ्लैट के दरवाजे के ताले में बिल्कुल सही बैठी। वह दरवाजा खोलकर अंदर चला गया। फ्लैट अंदर से धूल से अटा पड़ा था। फ्लैट कई दिनों से बंद पड़ा था। जबकि आंधियां भी चलती रही थीं।

संजय ने दूसरी चाबी फ्लैट के अंदर पड़े संदूकों के ताले में लगाकर देखी। वह चाबी फिट न आई। यह वही चाबी थी जिस पर '278-एन-8' लिखा हुआ था।

अचानक वह मुस्कराने लगा। उसने सोचा-हो न हो, यह चाबी इस फ्लैट के नम्बर '8' की है। वह एक फ्लैट छोड़कर आगे बढ़ा फ्लैट नम्बर 8 भी बंद पड़ा था। उसने दरवाजे के ताले में वह चाबी घुमा दी। ताला खुल गया। संजय की बांछें खिल गईं। उस ने दरवाजे पर पीतल की नेम-प्लेट देखी। उस पर लिखा था-मिस रमा गौरी।

ठीक इसी समय...

हवेली की उसी मंजिल को आने वाली सीढ़ियों पर कदमों की आहट गूंजी। संजय ने जल्दी से फ्लैट नम्बर '8' के दरवाजे का ताला लगा दिया और स्वयं भी सीढ़ियों की ओर लपका। वह स्वयं सीढ़ी उतर रहा था और एक अधेड़ आयु का व्यक्ति सीढ़ी चढ़कर आ रहा था। उसका चेहरा गोल था-एक बच्चे की तरह। आंखें उसकी लजीली थीं।

आने वाले ने संजय पर छिछलती हुई नजर डाली और ऊपर की अंतिम सीढ़ी पर पहुंच गया।

संजय उसे देखता रहा। अब उसने उतरने की बजाय सीढ़ियां चढ़ना शुरू किया। उसने झांका कि वह व्यक्ति फ्लैट नम्बर '8' के दरवाजे के सामने जाकर रुक गया था। वह जेब से चाबी निकाल चुका था। तब वह दरवाजा खोलकर फ्लैट के अंदर चला गया।

संजय भी दबे पांव फ्लैट नम्बर '8' के दरवाजे तक पहुंचा और दरवाजे पर हल्की-सी दस्तक दी। अधेड़ आदमी ने दरवाजा खोला।

''मैं मिस रमा गौरी से मिलना चाहता हूं।'' संजय ने कहा।

''वह इस समय यहां नहीं हैं।''

''क्या आप...''

''नहीं, मैं मिस रमा गौरी का दोस्त हूं। वह शहर से बाहर गई हुई हैं। जाते हुए वह इस फ्लैट की चाबी मुझे दे गई थीं और कह गई थीं कि समय निकालकर मैं उनका फ्लैट देख जाया करूं। ऑफिस जाते हुए मैं उनका फ्लैट देखने चला आया।''

''मिस रमा गौरी कहां गई हैं?'' संजय ने पूछा।

‘‘वह...वह...’’ अधेड़ आयु का आदमी कुछ कहते-कहते रुक गया और फिर उसने पूछा, ‘‘आप कौन हैं? मिस रमा गौरी से क्या काम है?’’

‘‘मैं जासूस हूं...संजय।’’ संजय ने सीधा-स्पष्ट उत्तर दिया।

‘‘मैं मौजूदा हालात में यह नहीं बता सकता कि मिस रमा गौरी कहां गई हैं और कब से गई हैं।’’ अधेड़ आदमी बोला।

‘‘मौजूदा हालात से आपका मनोरथ क्या रजनीश काण्ड से है?’’ संजय ने प्रश्न को विस्तारा।

‘‘हां, चिन्ता-फिक्र की कोई वजह तो मालूम नहीं होती, लेकिन रजनीश-जैसा हिंसक जब खुले बन्दों मंडला रहा हो तो कुछ भी असंभव नहीं। मिस रमा गौरी ने पुलिस को रजनीश के बारे में बयान दिया था। रजनीश उससे भयानक बदला ले सकता था, इसलिए मिस रमा गौरी यहां से कुछ दिनों के लिए चली गई।’’

‘‘क्या मैं आपका शुभ नाम पूछ सकता हूं?’’

‘‘इसकी क्या जरूरत है?’’

‘‘कल अगर मिस रमा गौरी पर कोई संकट गुजर आया तो हमें आपकी जरूरत पड़ेगी।’’ संजय बोला।

‘‘मैं गोपाल कृष्ण हूं। ‘हजरतगंज’ में मेरा ऑफिस है। मैं ‘एवरेस्ट’ नामक वाइन-शॉप (शराब की दुकान) का मालिक हूं।’’

‘‘मिस रमा गौरी रजनीश के फरार होने से पहले यहां से गई थीं या बाद में?’’

‘‘पहले।’’

‘‘क्या आप रजनीश को जानते हैं?’’

‘‘यह मेरा सौभाग्य है कि मैं उससे परिचित नहीं हूं।’’

संजय ने बात आगे बढ़ाई, ‘‘मिस रमा गौरी तो रजनीश को जानती होंगी?’’

‘‘अधिक नहीं, उतनी ही समझिये जितनी एक पड़ोसी से दूसरे पड़ोसी की जान-पहचान हुआ करती है।’’

‘‘मिस रमा गौरी ने रजनीश के बारे में क्या बयान दिया था?’’

‘‘वह बयान रजनीश और उसकी पत्नी के बीच झगड़े के बारे में था। उन दोनों के दरम्यान जमकर झगड़ा हुआ था और रजनीश ने बड़ी निर्दयता से अपनी पत्नी राजश्री को पीटा था।’’

‘‘क्या पति-पत्नी इसी फ्लैट में रहते थे?’’

‘‘हां, झगड़े से पहले।’’

‘‘क्या आप जानते हैं कि पति-पत्नी के दरम्यान झगड़ा किस बात पर हुआ था?’’ संजय ने सवालों की झड़ी लगाये रखी।

अधेड़ आयु ने इस बार जवाब में टालना चाहा, ‘‘यह मैं नहीं जानता।’’

''उस झगड़े से मिस रमा गौरी का क्या सम्बन्ध था?''

''कुछ भी नहीं। एक शाम की बात है कि उसने राजश्री को चीखते हुए सुना। लोगों की भीड़ लग गई। मिस रमा गौरी भी वहां पहुंच गईं। उन्होंने देखा कि पति-पत्नी एक-दूसरे से उलझे हुए थे और राजश्री को रजनीश मार डालने की कोशिश कर रहा था। उसके हाथ में चाकू था। मिस रमा गौरी और अन्य कुछ लोगों ने हस्तक्षेप किया तो रजनीश चाकू फेंककर फ्लैट से बाहर चला गया।'' अधेड़ आदमी ने बताया।

''क्या मिस रमा गौरी ने पुलिस को यह बयान दिया था?'' संजय को विश्वास नहीं था।

''हां, मैंने ही मिस रमा गौरी को राय दी कि वह कुछ दिनों के लिए बाहर चली जायें।''

''खैर, आपको बता दूं कि मैं व्हिस्की से लगाव रखता हूं। एक-दो दिनों में आपके यहां व्हिस्की पीने आऊंगा।''

संजय फ्लैट से बाहर निकल आया। वह सोच रहा था कि एक चाबी रजनीश के फ्लैट में लगती है और वही चाबी मिस रमा गौरी के फ्लैट में भी लगती है। आखिर इसका अर्थ क्या है? वह रजनीश के फ्लैट-नम्बर छह की ओर लौट रहा था कि फ्लैट नम्बर सात का दरवाजा खुला। दरवाजे में तीस वर्ष की एक युवती आ खड़ी हुई। उसके कूल्हों के नीचे का हिस्सा बड़ा उभरा हुआ था। वह उभार वासना को भड़काने वाला था। सबसे पहले मर्द की नजरें उसी उभार पर पड़ती थीं। कमर में हद से ज्यादा लचक थी। उस लचक के कारण कूल्हों से नीचे का उभार इस तरह थिरक उठता था, जैसे थैले में पड़े हुए बड़े-बड़े तरबूज हिल उठते हैं। हां, उसकी मुस्कराहट बड़ी नशीली थी। मुस्कराते हुए उसके ऊपर के होंठ में बल पड़ जाता था। उसने बालों में घूंघर डालने के लिए क्लिप लगा रखे थे।

वह संजय की ओर देखकर मुस्कराई तो संजय की भी हिम्मत बढ़ गई। उसने नेम-प्लेट पढ़ी। उस पर लिखा था-'मिस नसीमा महमूद'। संजय ने पूछ ही लिया, ''आप मुझे देखकर मुस्कराईं क्यों?''

''बहादुर आदमी को देखकर मैं खुशी में नाच उठती हूं। शेरेदिल मर्द मेरी सबसे बड़ी कमजोरी है। आइये न। थोड़ी देर बैठकर चले जाइयेगा।'' नसीमा ने कहा।

संजय पहले ही इस बात के लिए तैयार था। वह नसीमा महमूद के पीछे उसके फ्लैट में प्रविष्ट हुआ। उसने पूछा, ''आपको किसने वहम डाल दिया कि मैं एक बहादुर आदमी हूं?''

''क्या आपने आज का अखबार नहीं देखा जो आपकी प्रशंसा से भरा हुआ है? आपकी तस्वीर भी छपी है। आप रजनीश जैसे खूनी और पशु-वृत्ति के अपराधी को पकड़ने के लिए जुटे हुए हैं न?'' यह कहकर नसीमा महमूद अखबार उठा लाई।

संजय ने समाचार-पत्र देखा। सचमुच उसकी ही तस्वीर छपी थी, लेकिन समाचार में उसकी केवल इतनी-सी प्रशंसा थी कि मशहूर जासूस संजय पुलिस को रजनीश की गिरफ्तारी में मदद देगा।

संजय अभी समाचार-पत्र देखने में लीन था कि मिस नसीमा महमूद ने पीछे से अपनी बाहें उसकी गर्दन में डाल दीं और उसके कान की लौ अपने होंठों से दबा ली। संजय का अंग-अंग लहलहा उठा। वह समझ गया कि नसीमा किसी भी मर्द की वासना को कुरेदकर भड़काने में अभ्यस्त है।

''आइये, बैठकर बातें करें।'' संजय ने उससे अलग होते हुए कहा। उसकी पीठ पर नसीमा के उरोजों की नोकें अब भी गुदगुदी मचाए हुई थीं।

नसीमा आराम कुर्सी की बांहों पर अपनी दोनों टांगें फैलाकर बैठ गई। उसका यह पोज भी कम भड़कीला नहीं था।

उसने पूछा, ''क्या आप रजनीश को जानती हैं?''

''हां, मैं विश्वास से कह सकती हूं कि रजनीश हत्यारा नहीं है। मैं समझती हूं कि उसकी पत्नी राजश्री का प्रेमी अब उसके ठुकराये जाने का बदला ले रहा है-अपनी प्रेमिका को खुश करने के लिए।''

शेफाली उर्फ पूर्णिमा, यानि रजनीश की बहन के बाद, नसीमा दूसरी युवती थी जो रजनीश को मुजरिम नहीं मानती थी। वह नसीमा की राय ले चुका था और वहां से वह निकल जाना चाहता था। जैसे ही वह वहां से उठा, नसीमा ने उसे बांह से पकड़ कर खींचा और अपने ऊपर गिरा लिया। वह बोली, ''मैं तो जुग-जुग की प्यासी हूं, मुझे तड़फता हुआ छोड़कर कैसे चल दिए? मैं आपसे कुछ भी छिपा नहीं रही। मुझे हर मर्द अच्छा लगता है। मेरा बस चले तो मैं संसार के सारे मर्दों से जी भर-भरकर प्यार रचाऊं। मर्द की बलिष्ठ बाहें मुझे अपने शरीर के गिर्द अच्छी लगती हैं।''

''मैं किसी समय आपकी सेवा अवश्य करूंगा। इस समय मुझे जाने दें। आप...काम क्या करती हैं?'' संजय ने स्थिति संभालनी चाही।

''कृष्ण नगर में मेरी ब्यूटी शॉप है 'क्लोपैत्रा'। वहां आइये, मैं आपको और ज्यादा आकर्षक बना दूंगी। याद रखिये, इस बात का गुनाह आपके सिर पर होगा कि आप एक प्यासी औरत के गले में कांटे डालकर चले जा रहे हैं।''

संजय मुस्कराया और दरवाजे की ओर बढ़ा।

पीछे से नसीमा की आवाज सुनाई दी, ''आप जा रहे हैं, मैं रजनीश के बारे में एक और बात बताना चाहती हूं। आप अकारण ही जल्दी मचाये हुए हैं।''

संजय दरवाजे तक पहुंचकर फिर नसीमा के पास लौट आया और उसके सामने बैठ गया। मुस्कराकर उसने पूछा, ''बोलिये, आप मुझे क्या बताना चाहती हैं?''

‘‘आपने मुझसे यह तो पूछा ही नहीं कि रजनीश के बेगुनाह होने का मेरे मन में क्यों गहरा विश्वास है। संजय बाबू, आपके नाम की जानकारी मुझे अखबार के जरिये मिली थी। आप मेरे एक प्रश्न का उत्तर दीजिए। जो मर्द किसी लड़की से अथाह प्यार और सच्चा लगाव रखता है, क्या वह कातिल हो सकता है।’’

‘‘नहीं, प्यार करने वाला इंसान हर्गिज-हर्गिज कातिल नहीं हो सकता। आप शायद यह बताना चाहती हैं कि रजनीश को किसी लड़की से सच्ची मुहब्बत थी, क्यों?’’

‘‘हां, संजय बाबू। इस हवेली की निचली मंजिल के फ्लैट में आज से कोई...पन्द्रह दिन पहले एक लड़की अपने माता-पिता के साथ रहती थी। उम्र उसकी चौबीस साल की थी और उसका नाम उर्मि वसन्त था। जब हत्या की पहली वारदात के बाद रजनीश भाग निकला और पुलिस उसके फ्लैट की तलाशी लेने आई तो उर्मि वसन्त पर दौरा पड़ा। दो घण्टे तक उस पर बेहोशी छाई रही। उसके बाद बोलना-खाना-पीना बंद कर दिया। वह बिल्कुल मरियल रोगिणी हो गई। उसके माता-पिता उसे अस्पताल ले गए जहां वह चार दिन रही। उसे अस्पताल से वापस लाया गया तो फिर वही दौरे पड़ने लगे। उर्मि को उसके पिता ने इस माहौल से निकालने का फैसला किया। और वह उसे ‘नेहरू रोड’ के एक बंगले में ले गए। बंगले का नम्बर सत्ताईस है। मैं एक बार उसे मिलकर आ चुकी हूं।’’

‘‘क्या हत्या की वारदात और रजनीश के लुप्त हो जाने से पहले उर्मि वसन्त भली-चंगी थी?’’ संजय ने जानना चाहा।

नसीमा ने बताया, ‘‘हां-हां, वह तो हर घड़ी चहकती रहती थी।’’

संजय ने उर्मि वसन्त का पता दिमाग में बिठा लिया और उससे मिलने का पक्का इरादा बांधा।

□ □<br>□ □

‘नेहरू रोड’ पर बंगला नम्बर सत्ताईस सर्वथा आधुनिक शैली का था। चारदीवारी भी खूबसूरती के साथ बनाई गई थी। बंगले का गेट भी बेहतरीन कला का नमूना था।

संजय ने कार गेट पर ही रोक दी। पैदल ही बंगले के लॉन में पहुंचा। बरामदा पार करके उसने मुख्यद्वार पर दस्तक दी। दरवाजा अधेड़ आयु की औरत ने खोला।

‘‘क्या मिस उर्मि वसन्त अंदर हैं।’’ संजय ने पास आकर पूछा।

‘‘नहीं।’’

‘‘क्या उसके पिता मिस्टर वसन्त घर पर हैं?’’

‘‘नहीं, बाहर गए हैं।’’

‘‘मिस उर्मि वसन्त कब तक लौटेंगी?’’

‘‘मुझे कुछ मालूम नहीं।’’

संजय बड़ा सिटपिटाया। सेविका उसके हर सवाल का जवाब कोरे ढंग से दे रही थी। अचानक वह मुस्करा उठा। वह कुछ कहे बिना मुड़ा। बरामदा पार करके वह गेट की ओर बढ़ा। फिर उसने पीछे मुड़कर देखा। अधेड़ आयु की सेविका अब भी दरवाजे में खड़ी थी। शायद वह बंगले से संजय के निकल जाने का इंतजार कर रही थी।

गेट पार करके संजय अपनी कार में आ बैठा। उसने कार स्टार्ट की और कुछ आगे ले जाकर रोक दी। वह कार से निकला और उर्मि वसन्त के बंगले की चारदीवारी की ओट में आगे बढ़ता रहा। वह बंगले के पिछवाड़े पहुंच गया जहां उपवन बना था। संजय ने दीवार से उचककर देखा। उपवन में एक युवक और एक खूबसूरत लड़की हरियाली में बैठे थे। लड़की कोई किताब पढ़ रही थी। पास ही पालने में एक बच्चा था। बीच-बीच में वह लड़की पालने को झुला देती थी।

कुछ पल संजय उस लड़की की ओर देखता रहा। फिर उसने हल्की-सी सीटी बजाई। लड़की ने किताब पर से आंखें उठाईं और दीवार की ओर देखा। संजय का सिर दीवार पर से देखकर भी वह भयभीत नहीं हुई। उसने किताब वहीं घास पर रख दी और दीवार के पास चली आई।

‘‘क्या...आप...मिस उर्मि वसन्त हैं?’’ संजय ने पूछा।

‘‘हां, क्या आप उसका कोई संदेश लाए हैं?’’

उर्मि के इस सवाल पर संजय समझ गया कि उर्मि उसे अजनबी पाकर भी डरी क्यों नहीं थी। वह जाने कब से रजनीश के किसी दूत के इंतजार में थी।

‘‘आपकी नौकरानी ने मुझे बताया था कि आप घर में नहीं हैं।’’

‘‘हरेक आने वाले को हमेशा यही जवाब दिया जाता है।’’

‘‘मेरा नाम संजय है। क्या मैं दीवार फांदकर अंदर आ सकता हूं? मुझे आपसे कुछ बातें करनी हैं।’’

‘‘कैसी बातें?’’ उर्मि ने चिन्तातुर नेत्रों से संजय को देखा।

‘‘रजनीश के बारे में।’’

‘‘आप आ जाइये। लेकिन...अपने-आपको छिपाकर रखियेगा।’’ उर्मि ने दीवार से हटते हुए कहा।

संजय दीवार से कूदकर अंदर आ गया और एक घने पेड़ की ओट में हो गया ताकि बंगले के पिछवाड़े की खिड़की से उसे कोई देख न सके। वह बोला, ‘‘मैं रजनीश का दोस्त हूं। उसकी मदद करने की कोशिश कर रहा हूं।’’

‘‘रजनीश खैरियत से तो है न? क्या आप जानते हैं कि वह कहां है?’’

‘‘सुनिये, मैं जल्दी में हूं। आपसे कुछ बातें पूछना चाहता हूं। यह बताइये, जिस रात रजनीश के फ्लैट की तलाशी ली गई, क्या उस रात वह आपके पास था?’’

‘‘नहीं, मैं नहीं जानती कि उस रात वह कहां था और किसके पास था। कुछ भी हो, मैं विश्वास के साथ कह सकती हूं कि वह कातिल नहीं है। उसने किसी की हत्या नहीं की। उस पर जब हत्या का आरोप मढ़ा गया, वह तो परेशान हो उठा था। इतना गहरा सदमा हुआ था कि वह इस बात की याद करते ही अपनी याददाश्त खो बैठता था।’’

इतने में बच्चा रो पड़ा। संजय ने पूछा, ‘‘क्या यह बच्चा आपका है?’’

‘‘हमारा है-मेरा और रजनीश का। हम दोनों शादी करने वाले थे।’’

संजय और उर्मि, दोनों बच्चे की ओर देखने लगे। इतने में धम्म की आवाज से किसी के दीवार पर से कूदने की आवाज आई। एक भारी-भरकम आदमी, जिसके हाथ में पिस्तौल था, उनके समीप आ गया।

‘‘अपने हाथ ऊपर उठा लो। क्या कर रहे हो तुम

यहां? मिस उर्मि, आप बच्चे को अंदर ले जाइये।’’

संजय ने अपने हाथ सिर के ऊपर उठाते हुए उर्मि से पूछा, ‘‘यह कौन है?’’

उर्मि वसन्त ने कोई उत्तर न दिया और पहियेदार पालने में बच्चा रखकर वह बंगले की ओर चल पड़ी।

‘‘क्या तुम उर्मि को फुसला रहे थे? कौन हो तुम?’’

संजय बोला, ‘‘या तो बहुत भोले बन रहे हो और मुझे न जानने का बहाना कर रहे हो, या फिर पूरे अहमक हो क्योंकि मुझे नहीं जानते हो। क्या करोगे मेरा नाम पूछकर? मेरा नाम सुनकर तुम्हारे हाथ से पिस्तौल छूट जाएगा।’’

‘‘बड़े विश्व-विजेता बन रहे हो?’’ भारी भरकम पिस्तौल धारी ने कटुता से व्यंग कसा।

वास्तव में संजय गहरी चाल चल रहा था। वह जानता था कि निहत्था आदमी किसी हथियारबन्द आदमी का इसी ढंग से सामना कर सकता है जब उसे नाराज और रुष्ट कर दे, तब वह उसके दिमाग का संतुलन बिगाड़ दे और अवसर पाकर अचानक टूट पड़े।

‘‘मियां रुस्तम। मैं आंख झपकते में तीन गोलियां तुम्हारे सीने में उतार सकता हूं।’’

‘‘तुम गलती पर हो। तुम्हारे हाथ में पिस्तौल है, मशीनगन नहीं।’’ संजय बोला।

वह उसे बातों में लगा चुका था। अचानक संजय ने टांग उठाकर पिस्तौलधारी के हाथ पर ठोकर मारी। पिस्तौल उसके हाथ से छिटककर दूर जा गिरा। वह अपने हाथ को झटकता हुआ पिस्तौल की ओर लपका तो संजय ने उसकी पिछाड़ी पर जोर से ठोकर मारी। भारी-भरकम आदमी औंधे मुंह गिर पड़ा। संजय ने उसे पीछे से उठा लिया और उसका सिर जोर-जोर से धरती पर पटकने लगा। भारी-भरकम आदमी की नाक से लहू बहने लगा। फिर वह बेहोश हो गया। संजय ने उसका पिस्तौल उठाया और चारदीवारी कूदकर अपनी कार की दिशा में बढ़

गया। कार का इंजिन स्टार्ट करते हुए वह सोचने लगा-क्या उर्मि वसन्त को उस बंगले में नजरबन्द रखा जा रहा है।

**6**

संजय 'डालीगंज' में 'पटवर्धन नृत्य-संगीत मण्डली' के कार्यालय में पहुंचा। मण्डली के प्रबन्धक ने उसे देखते ही कहा, ''संजय बाबू। राजश्री अभी नहीं लौटी। कानपुर से सन्देशा आया है कि वह कल सवेरे लखनऊ पहुंचेगी। कल वे लोग जरूर आएंगे, क्योंकि एक होटल में प्रोग्राम पेश करना है-नृत्य संगीत का प्रोग्राम। होटल 'मीनार' वाले चाहते हैं कि हम नृत्य-संगीत में एक शराबी की पत्नी का मानसिक चित्र पेश करें। आप कल शाम 'मीनार' होटल में पहुंचिये और यह देखिये कि हम नृत्य-संगीत में क्या-कुछ पेश करते हैं।''

''मैं कल सवेरे आऊंगा और फिर शाम को होटल 'मीनार' में आपका प्रोग्राम जरूर देखूंगा।'' कहकर संजय ने प्रबन्धक का शुक्रिया किया और थोड़ी देर के बाद वह 'डालीगंज' से आगे बढ़ा।

□ □<br>□ □

जब वह होटल 'शामे-अवध' पहुंचा तो नरेन्द्र छूटते ही बोला, ''आप भी हमें कांग्रेस के समाजवाद वाला झांसा दिये जा रहे हैं। केस को सुलझाने के लिए आप अपने ही मन में खुश हुए जा रहे हैं, जबकि हमें नाकारा बनाकर बिठा दिया है। जिस तरह नेता लोग सभी सुख-सुविधाएं अपने लिए जमा कर रहे हैं-एयरकंडीशन कमरों से निकलकर अपने भाषणों में लोगों को समझाने लगते हैं कि उनके पास जादू का डण्डा नहीं है, गरीबी रातोंरात दूर नहीं हो सकती-आप भी उसी तरह इस केस का मजा स्वयं ही लूटे जा रहे हैं और हमें समाजवाद का मिट्टी का सेब दिखा रहे हैं।''

प्रवेश और अर्चना हंस दिये। स्वयं संजय को भी नरेन्द्र की बात पर प्यार आ गया। वह बोला, ''नरेन्द्र साहब तो कांग्रेसी राजनीति की ढोल की पोल उखाड़ने लगे। समझदार होने लगे हैं जनाब तो।''

''मिट्टी तो आपकी संगत में ही पलीद होती है, वरना हम भी आदमी हैं काम के।'' नरेन्द्र की छाती फूल उठी। वह और भी जोश से बोला, ''समाजवाद का मतलब है बांटकर खाना।''

संजय ने उसे लम्बा भाषण करने से टोकते हुए कहा, ''भई काम तो काम ही होता है। यह कोई खीर नहीं है कि बांटकर खाई जा सके। जो काम मैं नहीं कर पाता, वह तुम्हीं लोग तो करते रहे हो।''

नरेन्द्र बोला, ''आज की है भले मानसों वाली बात।''

37

''अरे।'' संजय मुस्कराया, ''अब तक क्या तुम्हें आंखों का कोई ऐसा रोग रहा है कि भले मानसों की पहचान ही नहीं कर पाए?''

''नरेन्द्र जी कभी-कभी पलकें बंद किये बिना भी बिना देखे उम्र के कई हिस्से उखाड़ चुके हैं।'' अर्चना ने चोट की।

''अर्चना। मन जहरीला हो तो क्या यह भी जरूरी है कि तन भी गोबर का ढेर बना दिया जाय? खूबसूरत हो, नाजुक हो, पूरी तरह बांहों में भींच ली जाने वाली काया है तुम्हारी, लेकिन दिल इतना खोटा है कि आक थू।''

नरेन्द्र की इस बात पर अर्चना कटकर रह गई। एक तरफ नरेन्द्र ने उसकी प्रशंसा की थी और दूसरी ओर कालिख पोतकर रख दी थी।

संजय बोला, ''अच्छा, अब अपनी थूथन समेटो।'' उसने नरेन्द्र से कहा, ''तुम काम चाहते हो तो निश्चित ही कर्तव्यशील प्राणी हो।''

''प्राणी?'' आपने तो ऐसा कहा, जैसे पालतू बागड़बिल्ला हूं मैं।'' नरेन्द्र ने अपनी महत्ता जताई।

संजय बोला, ''प्रवेश और नरेन्द्र। तुम दोनों इसी पल 'आधुनिक थियेटर' जाओ।''

''वेरी गुड।'' नरेन्द्र चहक उठा, ''शराब और खाने के साथ जरा इश्कबाजी का बिल भी चुका दीजियेगा।'' उसने चटखारा लिया।

''अबे मरदूद। मैं तुम्हें इसलिए भेज रहा हूं कि वहां जाकर पता लगाओ- उमेशचन्द्र मेहरा जिस दिन मारा गया, वह उस दिन गया कहां था?''

''लंच का समय हो गया है, जनाब।'' नरेन्द्र ने आपत्ति की।

''रास्ते में प्रवेश के साथ कहीं रेस्तरां में पेट भर लेना।''

''क्यों?'' 'आधुनिक थियेटर' का बिल चुकाते हुए क्या पेट में तीखी लहर उठती है?'' नरेन्द्र ढिठाई पर उतर आया था।

''अरे, तुम बात को समझा करो, मेरे यारा।'' संजय झल्लाया, ''थियेटर में तुम्हें जानकारी इकट्ठी करने जाना है, ऐक्टिंग करने नहीं कि तुम्हें खिलाया-पुजाया जाय।''

माथे पर हाथ मारकर नरेन्द्र उठा। फिर प्रवेश को मुक्का मार कर छेड़खानी के अंदाज में जल्दी से निकल गया। प्रवेश भी मुक्का ताने उठा और बड़बड़ाता हुआ नरेन्द्र के पीछे झपटा।

''क्या मैं खाना मंगवाऊं?'' अर्चना ने पूछा।

''अर्चना, यह लखनऊ है। नवाबों की धरती है यह। राग और रंग, नाच और मस्ती, ऐश और इशरत का संगम रहता आया है यहां। मैं यहां आकर भी रूखी नहीं...चुपड़ी चाहूंगा।''

अर्चना उसका मनोरथ भांप गई, लेकिन उसने उपहास से काम लेते हुए कहा, ''चुपड़ी चाहते हैं तो वैसी ही मंगवाए देती हूं।'' कह कर वह खिलखिला उठी।

संजय उसे मदभरे लोचनों से निहारता रहा।

अर्चना बड़े उत्तेजक ढंग से पलटी और बल खाती हुई संजय की गोद में आ गिरी। संजय ने उसे पीठ पर सहलाया और फिर कन्धे पकड़कर उठा लिया। अधरों से अधरों की कहानियां सुनी-सुनाई गईं। अर्चना के उन रसीले अधरों की मदिरा पीकर संजय तृप्त हो गया। अर्चना का रोम-रोम भड़क रहा था। उसके गोरे-गुदाज बदन की थिरकन का संजय ने जी भरकर आस्वाद लिया।

⬜ ⬜
⬜ ⬜

शाम के चार बजे नरेन्द्र और प्रवेश वापस आ गए।

नरेन्द्र ने रिपोर्ट पेश करते हुए कहा, ''आधुनिक थियेटर की मशहूर अभिनेत्री ज्योत्स्ना दूसरी युवती थी जिसकी हत्या की गई। उसकी हत्या का रजनीश पर दोष मढ़ा जा रहा है। असिस्टेंट डायरेक्टर उमेशचन्द्र मेहरा ज्योत्स्ना से प्यार करता था। यूं कहिए कि दीवाना हो गया था। वह रिवॉल्वर लेकर रजनीश की तलाश में निकला। अपने एक साथी को बता गया कि वह रजनीश की मंगेतर चन्द्राणी के पास जा रहा है। चन्द्राणी से रजनीश का पता पूछकर वह रजनीश को गोली मार देने का इरादा रखता था ताकि अपनी महबूबा की मौत का बदला उतार सके।''

संजय चाय पी चुका था। उसने अपने साथियों से कहा, ''मैं दो घण्टे में लौट आऊंगा। मुझे आशा है कि इसके बाद तुम लोगों के लिए काफी काम निकल आएगा।''

⬜ ⬜
⬜ ⬜

'चन्द्रनगर' के बंगला नम्बर डी-53 के आगे संजय की कार आ रुकी। चन्द्राणी का फ्लैट भी पुलिस ने अपने अधिकार में ले लिया था और वहां अब सादा कपड़ों में पुलिस-कांस्टेबल नियुक्त था। उसने संजय को पहचान लिया। संजय ने उसे चौथे फ्लैट का दरवाजा खोलने का आदेश दिया। कांस्टेबल ने तुरंत दरवाजा खोल दिया।

संजय फ्लैट में प्रविष्ट हुआ।

पहला कमरा ड्राइंग-रूम था। तिपाई पर उसे रक्त के सूखे हुए दाग नजर आए। तिपाई के नीचे दरी पर लहू का जोहड़ लगा हुआ था। संजय को ख्याल आया कि उमेशचन्द्र मेहरा की हत्या वहीं की गई होगी। क्या उसे...चन्द्राणी ने कत्ल किया?

संजय तुरन्त फ्लैट की तलाशी में जुट पड़ा। चन्द्राणी और उसके साथी सारा सामान वहां से उठा ले गए थे, लेकिन बैडरूम की दीवार के ब्रैकेट के कुण्डों पर चार लिबास और दो काले

नकाब लटकते हुए ही छोड़ गए थे। उन लिबासों को साथ ले जाना बहुत जरूरी था फिर इसमें क्या रहस्य है कि वे लोग उन लिबासों और नकाबों को वहीं छोड़ गए?

इस रहस्य की गहराई में उतरने के लिए संजय वे चारों लिबास लेकर पलंग पर बैठ गया। अनोखी बनावट थी उन लिबासों की जैसा कि थियेटरों में नृत्य-मण्डली के नकाबपोश पहनते हैं। नकाबों के अंदर सेल्यूलाइड के काले चश्मे सिले हुए थे। जैकेट के कॉलर से एक विशेष प्रकार की गॉहवाला रूमाल लटक रहा था। फूला-फूला-सा लाल रूमाल, कॉलर के साथ ही सिला हुआ था। वह मर्दाना लिबास था। उसके कॉलर के अंदरूनी हिस्से पर श्वेत रेशमी धागे से रजनीश का नाम कढ़ा हुआ था।

निराले-से जनाना लिबास में वस्तुतः जैकेट नहीं, वास्कट थी। उसके वक्ष-भाग पर शीशे के चौड़े बटन टके थे और ऊपर वाले बटन से फूलदार लाल रूमाल लटक रहा था। इस लिबास की पैंट के पायंचे बहुत खुले थे और किनारों पर झालर लगी हुई थी। पैंट की पेटी के नीचे पान के पत्ते की तरह चमड़े का चमकीला टुकड़ा लगा था और उस टुकड़े पर चांदी का सितारा सिला हुआ था। इस लिबास पर किसी का नाम सफेद धागे से काढ़ा गया था।

दुश्मन की सारी चालाकी समझ में आ गई। दुश्मन मर्दाना लिबास जान-बूझकर वहां यह जताने को छोड़ गया था कि ड्राइंग-रूम में जिस किसी को भी कत्ल किया गया था, उसे रजनीश ने ही कत्ल किया था। यही कारण था कि ड्राइंगरूम में लहू भी पोंछा या साफ नहीं किया गया था।

संजय ने फिर एक बार मर्दाना लिबास के कॉलर के अंदरूनी हिस्से पर श्वेत रेशमी धागे से रजनीश का कढ़ा हुआ नाम देखा। इस बार जो उसकी निगाह केन्द्रित हुई तो आंखें फटी-की-फटी रह गईं। श्वेत रेशमी धागे से कढ़ा हुआ रजनीश का नाम जरा भी मैला नहीं पड़ा था। इसका अर्थ यह हुआ कि दुश्मन ने वह नाम जाते-जाते काढ़ा या कढ़वाया था।

उसने कुछ पल सोचा, फिर जैकेट के बटन खोलकर देखे। जैकेट की पीठ से लेकर सीने तक के हिस्से पर उसने एलास्टिक की चौड़ी पट्टी अस्तर की तरह लगी हुई देखी। 'उस एलास्टिक की पट्टी का भला क्या मतलब हुआ?'-यह सवाल उसके दिमाग पर हथौड़े की तरह बज उठा।

कुछ पल वह कसमसाता रहा। फिर आप ही आप बड़बड़ाते हुए उत्तर दिया, ''ओ भगवान्। समझने में कितनी देर लग गई। यह लिबास भी दरअसल किसी औरत का है। एलास्टिक की चौड़ी पट्टी इस जैकेट में औरत के स्तनों के उभार को दबाने के लिए लगाई गई है ताकि वह औरत न दिखाई दे बल्कि मर्द लगे।''

दोनों लिबास वास्तव में जनाना ही थे। अंतर केवल इतना था कि जनाना दिखाई देने वाला लिबास किसी छरेरे बदन की युवती का था। जबकि मर्दाना दिखाई देने वाला किसी सुपुष्ट युवती का था जो कम-से-कम पांच फीट आठ इंच लम्बी रही होगी।

नकाबपोशनुमा लिबास क्यों बनवाए गए थे?

तो क्या चन्द्राणी के साथ कोई औरत भी रहती थी?

इंस्पेक्टर खादिम हुसैन के कथनानुसार रजनीश के पलायन के बाद चन्द्राणी के पास किसी को आते हुए नहीं देखा गया था, जबकि भारी-भरकम औरत के लिए बनवाया गया लिबास यह बता रहा था कि चन्द्राणी के पास कोई औरत आया करती थी। यह भी संभव है कि आने वाली औरत उसके यहां चोरी-छिपे रात बसर करने के लिए आती हो।

इसी क्षण एक और विचार ने संजय को चौंका दिया। उसे नसीमा महमूद का ध्यान आया। अगर मर्दाना लिबास, जो वस्तुतः जनाना लिबास ही था, नसीमा को पहना दिया जाता तो वह उसके पूरी तरह फिट आता। क्या नसीमा और चन्द्राणी का आपस में कोई सम्बन्ध था? चन्द्राणी कहीं नसीमा महमूद की 'क्लोपैत्रा' नामक ब्यूटी-शॉप में तो काम नहीं करती थी।

□ □<br>□ □

जब संजय वापस अपने होटल 'शामे-अवध' में पहुंचा तो आज के दो नये अनुभवों ने मौजूदा हत्याकाण्ड की पहेली को और भी उलझा दिया था। उर्मि वसन्त रजनीश की प्रेमिका है। उर्मि और रजनीश के सम्बन्धों का नसीमा को पता था। उर्मि का बच्चा रजनीश का बच्चा है। फिर उर्मि से किसी को मिलने क्यों नहीं दिया जाता था? वह अपने ही घर में क्यों नजरबंद थी?''

वह आदमी कौन था जो पिस्तौल लिए हुए उर्मि वसन्त के बंगले के पिछवाड़े वाले उपवन में चला आया था? उर्मि उसका हुक्म मानने पर क्यों मजबूर थी? उस आदमी के कहने पर वह चुपके से अपने बच्चे को लेकर बंगले की ओर क्यों चल दी थी? क्या पिस्तौलधारी व्यक्ति उसकी निगरानी पर नियुक्त किया गया था? उर्मि अपने रजनीश से मिलने, उसका पता पूछने या उसका कोई संदेश हासिल करने के लिए क्यों छटपटा रही थी?

संजय ने अब दूसरे अनुभवों पर ध्यान दिया। चन्द्राणी वास्तव में रजनीश की मंगेतर थी। क्या वह सचमुच रजनीश की मंगेतर थी? चन्द्राणी के यहां नकाबपोशों वाले दो लिबास और दो काले नकाब क्यों थे? चन्द्राणी और नसीमा का आपस में क्या सम्बन्ध था? चन्द्राणी के यहां 'आधुनिक थियेटर' के असिस्टेंट डायरेक्टर उमेशचन्द्र मेहरा को क्यों मौत के घाट उतारा गया और उसकी लाश एक फकीर की गुदड़ी में जाकर पटक देने का क्या अर्थ हो सकता है?

सोचते-सोचते संजय ने अपने-आप से एक प्रश्न किया-रजनीश में ऐसा क्या आकर्षण था कि लड़कियां उसके गिर्द मंडलाती थीं? 'आधुनिक थियेटर' की होनहार अभिनेत्री ज्योत्स्ना से भी उसका निकट का सम्बन्ध जान पड़ता है। वह उसे सिनेमा दिखाने ले गया और वहीं वापसी में उसे मार डाला गया था।

41

रजनीश पर तीन अन्य लड़कियों की हत्याओं का भी आरोप था। क्या वे तीनों रजनीश के निकट सम्पर्क में थीं? रजनीश के पास आने वाली हरेक लड़की को मौत के घाट किसलिए उतारा जा रहा था। उसकी अपनी बहन शेफाली उर्फ पूर्णिमा का क्या अपराध था? क्या उसे भी इस आधार पर कत्ल किया गया कि वह रजनीश के निकट सम्बन्ध में थी? शेफाली के हत्यारे के हाथ रजनीश की तरह चौड़े थे। क्या रजनीश अपनी बहन का हत्यारा था अथवा चौड़े हाथों वाला कोई और था?

हत्यारा नकाबपोश था-काला नकाब चेहरे पर था।

संजय ने आखिर यह निर्णय किया कि उसे इस रहस्य की अभी और गहराई में दूर तक उतरना होगा कि रजनीश के निकट आने वाली हर लड़की को क्यों कत्ल किया जा रहा था।

इन सब बातों पर दिमाग लड़ाता हुआ संजय होटल 'शामे-अवध' के अपने फ्लैट में आ पहुंचा। वह इधर-उधर देखे बिना कमरे में अपने पलंग की ओर बढ़ा। तभी नरेन्द्र ने टोक दिया, ''शहंशाहो! आज किस आसमान में जा पहुंचे?''

संजय मुस्करा दिया, ''अभी उतरता हूं।''

''तो देर काहे की। अब उतर आइये। आइये, इन्सानों में मिल जाइये। आसमानों में कुछ नहीं रखा, बेकार परिन्दों, जानवरों में गिनती होने लगेगी।''

अर्चना और प्रवेश भी मुस्करा दिए।

संजय बैठ गया, लेकिन फिर गंभीर हो गया। उसने कहा, ''नरेन्द्र! मैंने जाने से पहले कहा था न, सो मैं काम लेकर ही लौटा हूं। कस लो अपनी-अपनी कमर। अर्चना और नरेन्द्र, तुम दोनों 'कृष्ण नगर' जाओ। वहां 'क्लोपैत्रा' नामक एक ब्यूटी शॉप है। उस की संचालिका एक युवती है-नसीमा महमूद। वह देखने में भी बहार का फूल है और मन से भी महकने वाली है। तुम दोनों वहां जाओ और उसकी ब्यूटी शॉप से खूबसूरत बनकर आओ।''

''अर्चना तो शायद पहले से ज्यादा निखर आए, लेकिन कौआ चाहे मोर के पंख लगाए या सुरखाब के, मोर नहीं बन सकता। नरेन्द्र जैसे गिद्ध पर कोई रंग नहीं चढ़ सकता।'' प्रवेश ने कहा।

अर्चना की फिस्स करके हंसी छूट गई। उस फुलझड़ी में संजय के मर्दाना हास्य का भी रंग घुल गया। नरेन्द्र ने अपनी झेंप मिटाने के लिए कहा, ''प्रवेश प्यारे! तुम्हें कौए-मोरों में रहने से सूझता भी उन्हीं जैसा है। मिट्टी में मोती को लाख रोलो-गंदलाओ, उसकी चमक-दमक छिप सकती है मगर मर नहीं सकती।'' कहकर उसने अर्चना को चलने का इशारा किया।

''तुम भी मेरे यार, अधूरे-आधे ही रहोगे।'' संजय बोला, ''पूरी बात सुनी नहीं और अपनी-सी हांकते चल दिए। 'क्लोपैत्रा' ब्यूटी शॉप में मर्दों और औरतों के बनाव-सिंगार का इंतजाम है। तुम दोनों बनाव-सिंगार के दौरान यह देखोगे कि वहां रजनीश की मंगेतर चन्द्राणी

तो काम नहीं करती। बनाव-सिंगार करा चुकने के बाद तुम कहीं बाहर रहकर ब्यूटी शॉप के बंद होने का इंतजार करोगे। तुम्हें देखना यह है कि नसीमा दुकान बंद करने के बाद जाती कहां-कहां है। अगर चन्द्राणी उसके साथ हो तुम्हें उनका पीछा करना होगा।'' फिर उसने उन्हें चन्द्राणी का हुलिया बता दिया।

अर्चना और नरेन्द्र उसी पल उठे और निकल गए।

फिर संजय ने प्रवेश से कहा, ''मेज पर व्हिस्की, ग्लास और सोडे की बोतल सजा दो। घण्टी बजाकर बैरे से कुछ खाने को मंगवा लो।''

▢ ▢

▢ ▢

रात के साढ़े दस बजे अर्चना और नरेन्द्र लौटे। अर्चना के रूप-लावण्य में सचमुच चार चांद लग गए थे। उसके बालों का स्टाइल अनोखा आकर्षण लिए हुए था। नरेन्द्र पहले से ज्यादा गोरा लगता था। उसके बाल अजीब ही तरह से काट दिए गए थे और माथे के ऊपर 'पफ' बना दिया गया था। अब वह अपनी आयु से कुछ छोटा लग रहा था।

प्रवेश ने नरेन्द्र को छेड़ने के उद्देश्य से कहा, ''नरेन्द्र तो हजामत बनवाकर और पाउडर लगवाकर भी इंसान नहीं बन पाया।''

नरेन्द्र झेंप गया।

संजय बोला, ''दिल्लगी बाद में होती रहेगी, पहले काम की बात कर लें। हां नरेन्द्र क्या रिपोर्ट लाए हो?''

नरेन्द्र ने बताया, ''नसीमा की ब्यूटी शॉप में चन्द्राणी काम नहीं करती। उसके यहां छह लड़कियां हैं और उनकी इंचार्ज एक बुढ़िया है। छह लड़कियों में दो एंग्लो-इंडियन, दो बर्मी या तिब्बती और दो बंगाली छोकरियां हैं। इंचार्ज बुढ़िया कोई अंग्रेज महिला है। एक लम्बा सिगरेट-होल्डर हर घड़ी उसके होंठों में दबा रहता है। सिगरेट भी वह किंग-साइज के पीती है।''

अर्चना ने बताया, ''हमें उस ब्यूटी शॉप में कोई रहस्यमय बात नजर नहीं आई। अपनी मुलाजिम लड़कियों से नसीमा का व्यवहार इतना अच्छा है कि वह उन सबको उनके घर छोड़कर अपने फ्लैट पर जाती है।''

''ब्यूटी शॉप के ग्राहकों में से कोई मर्द या औरत तो संदेहास्पद नहीं जान पड़ा? कोई ऐसा मर्द या औरत, जिसके साथ नसीमा एकान्त में बातचीत करती रही हो?''

संजय ने कुरेदा।

''आज तो हमने ऐसा कुछ भी नहीं देखा। पहले की बात हम क्या जानें?'' नरेन्द्र ने कहा।

43

सवेरे छह बजे संजय बाथरूम में ही था कि अर्चना बाथरूम के दरवाजे के पास आकर बोली, ''इंस्पेक्टर खादिम हुसैन किसी जरूरी काम के सिलसिले में आपसे मिलने आए हैं।''

''बिठाओ, मैं दो मिनट में आता हूं।'' संजय ने बाथरूम के अंदर से कहा, ''इंस्पेक्टर साहब के लिए चाय का आर्डर दे दो।''

संजय जब बाथरूम से निकला तो इंस्पेक्टर चाय चुस्का रहा था। बोला, ''मिस्टर संजय! मैं मुआफी चाहता हूं कि आपको सुबह-सवेरे कष्ट देने आ पहुंचा। मैं आपको दो जगह ले जाना चाहता हूं। आप चाय पी लीजिए और फिर मेरे साथ चलिए।''

''कहां-कहां ले जाना चाहते हैं? क्या उन जगहों पर नई वारदातें हुई हैं?'' संजय ने पूछा।

''वारदात तो एक ही हुई है, मगर दोनों जगहों से सम्बन्ध रखती है। रेलवे-स्टेशन पर सामान तोलने वाली बड़ी मशीन पर खाकी कैनवस के थैले में किसी नौजवान औरत के शरीर का ऊपरी आधा धड़ मिला है। आपको याद होगा कि इससे पहले एक फव्वारे में से नौजवान औरत का निचला धड़ मिला था। मैं अभी-अभी लाश के दोनों हिस्से देखकर आ रहा हूं। मैं और दूसरे पुलिस-अधिकारी यह राय रखते हैं कि वे दोनों हिस्से अलग-अलग नवयुवतियों के हैं। आप भी चलकर देख लीजिए।''

''जरूर देखूंगा। कई बार मुजरिम इतने अजीब धोखे से काम लेता है कि एक ही बदन के अंग पराए-से जान पड़ते हैं।'' संजय ने कहा।

## 7

मुर्दाघर में नवयुवती के बदन का ऊपरी धड़ भी एक लम्बी मेज पर पड़ा था और निचला भी। स्पष्ट था कि धड़ के दोनों हिस्सों को जोड़कर देखा-परखा गया था।

इंस्पेक्टर खादिम हुसैन बोला, ''ये दोनों हिस्से आपस में जुड़ते नहीं हैं। इससे यही साबित होता है कि दो अलग-अलग नवयुवतियों के आधे धड़ हैं।''

संजय इंस्पेक्टर की बात सुन रहा था और दो आधे धड़ों को भी गौर से देखे जा रहा था। उसने दोनों धड़ जरा और अलग कर दिये। अब वह दोनों धड़ों की कटाई का कोण जांचने लगा। लाश के उन हिस्सों को अर्ध-चन्द्राकार काटा गया था। उसने दोनों धड़ दो बार जोड़े और अलग कर दिए। फिर वह इंस्पेक्टर की ओर देखकर बोला, ''थोड़ी-सी रुई मंगवा दीजिए।''

मुर्दाघर में ड्यूटी पर नियुक्त छोटे डॉक्टर साहब लैबोरेटरी से रुई का एक पैकेट ले आए। इस बीच संजय उन दोनों धड़ों की जोड़ने से बचने वाले शून्य को अपने पैन से नाप चुका था।

उसने पैकेट में से रुई निकाली और उससे तरह-तरह की बत्तियां बटने लगा। ये वैसी ही थीं जैसी मिट्टी के दीपकों में डाली जाती हैं।

तीसरी बार संजय ने फिर उन आधे धड़ों को जोड़ा। उनके बीच जो खाली जगह रह जाती थी, उसमें उसने रुई की बत्तियां फंसा दीं। अब वे दोनों धड़ आपस में जुड़कर एक पूरी लाश बन गए। संजय ने घोषणा के स्वर में कहा, ''यह दोनों अलग-अलग युवतियों के धड़ों के हिस्से नहीं हैं। ये टुकड़े एक ही औरत की लाश के हैं। एक धड़ को दो हिस्सों में काटते हुए दुश्मन ने बड़ी चतुराई से काम लिया है।''

''चतुराई कैसी?'' इंस्पेक्टर पूछते समय भी चकित था।

वह यह जाहिर करना चाहता था कि उसने दो औरतों की हत्या की। एक का आधा धड़ उसने फव्वारे में फेंका था और दूसरी का आधा धड़ कैनवस के थैले में रखकर सामान तोलने वाली मशीन के ऊपर रख गया-यह दिखाकर वह पुलिस को धोखे में रखना चाहता था। प्रश्न यह उठता है कि दुश्मन ने दो दिन पहले मृत युवती का निचला आधा हिस्सा फेंका और किसी ऊपरी आधा हिस्सा दो दिन बाद फेंका तो क्यों दो दिन का अंतर रखा? इसके पीछे क्या रहस्य हो सकता है?''

इंस्पेक्टर बेचारा क्या जवाब देता।

संजय बोला, ''इंस्पेक्टर साहब! इस सवाल पर क्या आप कुछ प्रकाश डालेंगे?''

खादिम हुसैन उसकी बुद्धिमत्ता से कुछ इस तरह प्रभावित हो चुका था कि वह कुछ सोचना ही नहीं चाहता था। इसलिए वह बोला, ''ये बातें मेरी समझ से बाहर हैं।''

संजय कहने लगा, ''मैं समझता हूं, दुश्मन ने यह दिखाने की कोशिश की है कि हत्या दो युवतियों की हुई। इससे उसका यह भयानक इरादा जाहिर होता है कि वह दो युवतियों को ठिकाने लगाना चाहता था, लेकिन एक ही की हत्या कर पाया। शायद दूसरी युवती उसके हत्थे नहीं चढ़ी। हमें यह जानने की कोशिश करनी है कि वह दूसरी औरत कौन है जो उसका शिकार बनने वाली है?''

''क्या हम उस औरत को मरने से रोक नहीं सकते?''

''रोकने की कोशिश का सवाल तभी उठता है जब हमें यह पता लगे कि जिस औरत की लाश के ये दो टुकड़े हैं, वह कौन है? आपने रेलवे स्टेशन पर पूछताछ की होगी, क्या-कुछ पता लगा?''

''वहां यह कोई भी नहीं बता सका कि सामान तोलने वाली मशीन पर खाली कैनवस का थैला कौन रख गया?''

''आप मेरे साथ रेलवे-स्टेशन चलिये।'' संजय बोला।

दोनों रेलवे-स्टेशन रवाना हुए। रास्ते में इंस्पेक्टर ने संजय को रेलवे-स्टेशन पर की गई पुलिस-जांच की कहानी सुना दी। वह बोला, ''रेलवे-स्टेशन पर रात के एक बजे से साढ़े तीन

बजे तक कोई गाड़ी नहीं आती। रात को ड्यूटी देने वाला स्टाफ उस समय 'रीफ्रेशमेंट रूम' में चाय-काॅफी पीने के लिए चला जाता है। किसी ने उसी अवसर का लाभ उठाया और खाकी कैनवस का थैला मशीन पर रख गया।''

थोड़ी देर में दोनों रेलवे-स्टेशन पहुंच गए। संजय ने सबसे पहले बुक-स्टाल और टी-स्टाल वालों से पूछा कि उन्होंने खाकी कैनवस का थैला किसी के पास देखा था? वहां से उसे कोई संतोषजनक उत्तर न मिला। कुली भी कुछ न बता सके। फिर संजय भार तोलने वाली मशीन की ओर चला आया।

पुलिस की हिदायत पर कुछ देर के लिए मशीन का इस्तेमाल रोक दिया गया और मशीन के गिर्द फलों की पेटियों का घेरा बना दिया गया। संजय ने मशीन के लौह-आधार, जिस पर भार रखा जाता है, के पास ही नुकीली चीज के घसीटने से पैदा होने वाले खराश-जैसे निशान देखे। वह बोला, ''इंस्पेक्टर साहब! उस गुड्स-क्लर्क को बुलवाइये जो रात की ड्यूटी पर था। मेरे ख्याल में अभी उसकी ड्यूटी खत्म नहीं हुई होगी।''

इंस्पेक्टर स्वयं उस गुड्स-क्लर्क को खोजने चल पड़ा। वह उसे पहचानता था, क्योंकि उससे इंस्पेक्टर ने आप ही बहुत-से सवाल पूछे थे। वह खोजकर अपने साथ ले आया।

संजय ने उससे पूछा, ''आप रात को कितने बजे ड्यूटी पर आए थे?''

''मेरी रात की ड्यूटी रात बारह बजे से लेकर सवेरे आठ बजे तक रहती है। मेरी ड्यूटी खत्म होने में दस मिनट रहते हैं।'' गुड्स-क्लर्क ने जवाब दिया।

''आप जरा मशीन देखिये। कल रात जब आप ड्यूटी पर आए तो इस मशीन के पास फर्श पर क्या ये खराशें आपने नोट की थीं?''

''कैसी खराशें? मैंने तो फर्श पर कोई खराश नहीं देखी।'' गुड्स-क्लर्क ने कहा जिसने मोटे शीशों वाली ऐनक आंखों पर लगा रखी थी।

संजय बोला, ''आप जरा ध्यान से देखिये, यह दिन का समय है।''

''रात तो फर्श पर कोई खराश नहीं थी और अब ढेरों खराशें नजर आ रही हैं।''

संजय ने गुड्स-क्लर्क से आगे कोई सवाल न पूछा। वह स्टेशन के प्रवेशद्वार के आगे बरामदे में पहुंचा जहां तीन-चार मारवाड़ी परिवार डेरा डाले पड़े थे। वह उनमें से एक परिवार के पास पहुंचा। उसने उनसे यह नहीं पूछा कि उन्होंने कैनवस का थैला उठाए आने-जाने वाले को देखा था या नहीं, बल्कि यह पूछा, ''तुम लोग कब से यहां बिस्तर लगाए पड़े हो?''

''कल रात के ग्यारह बजे से।'' मारवाड़ी पुरुष ने उत्तर दिया।

''तुम्हें किस गाड़ी से जाना है?''

''हमें जयपुर जाना है...गाड़ी दस बजे छूटेगी।''

''कल रात तुमने उन दो-तीन लोगों को तो देखा होगा जिन्होंने कोई टूटा-फूटा ट्रंक घसीटकर भार तोलने वाली मशीन पर रखा होगा?''

‘‘हां, देखा था।’’ मारवाड़िन बोली, ‘‘एक मर्द था और एक औरत थी। मर्द कोई विदेशी था। उसने रबर के काले फुलबूट, मोटी जीन की छोटी-सी नेकर, फलालैन की मैली जैकेट और सिर पर ऊंचा-सा टोप लगा रखा था। आंखों पर उसके काली ऐनक थी। उसकी दाढ़ी बहुत घनी थी। वह गठीले शरीर का पहलवाननुमा आदमी था।’’

‘‘औरत कैसी थी?’’ इंस्पेक्टर ने उत्साह के साथ पूछा।

‘‘औरत का कद छोटा था। वह भी कोई विदेशी औरत थी। उसने लम्बा कुर्ता और गरारा पहन रखा था। कुर्ता उसका बड़ा महीन था। कुर्ते के नीचे उसने कुछ नहीं पहन रखा था। बेशर्म थी पूरी। कुर्ते में से उसकी छातियां साफ नजर आती थीं। वह नंगे पांव थी और उसके गले में काले मनकों की माला घुटनों तक झूल रही थी।

संजय ने पूछा, ‘‘उनके पास वही टूटा-फूटा ट्रंक था या और भी सामान था?’’

‘‘बस, वही एक टूटा हुआ ट्रंक था। उसे दोनों कुण्डों से पकड़कर वे आगे-पीछे आए थे। ट्रंक काफी भारी जान पड़ता था। औरत थक गई थी, इसलिए ट्रंक उसने फर्श पर रख दिया। मर्द उस ट्रंक को घसीटकर मशीन तक ले गया। उसने वह ट्रंक खोल डाला। उसमें से खाली कैनवस का थैला निकाला और मशीन पर धर दिया। दो मिनट तक वे आपस में बातें करते रहे, मैं उनकी बोली समझ नहीं सकी। मर्द टूटा हुआ खाली ट्रंक उठाकर चला गया। औरत उस मशीन के पास पांचेक मिनट खड़ी रही। फिर उसने मुझे ऐसा इशारा किया, जैसे वह यह पूछ रही हो कि मेरे पास दियासलाई की डिबिया थी या नहीं? मैंने उसे सिर हिलाकर बता दिया कि मेरे पास माचिस नहीं थी। वह औरत गरारे की अण्टी में से एक लम्बा सिगरेट निकाल चुकी थी। फिर उसने मुझे इशारा किया कि मैं उसके थैले का ध्यान रखूं। मैं समझ गई कि वह सिगरेट सुलगाने के लिए जा रही थी। लेकिन वह जाकर वापस नहीं आई। इतने में बाबू आ गया। वह मशीन पर थैला देखकर जोर-जोर से चिल्लाने लगा कि मशीन पर थैला किसका था? जब किसी ने उसे जवाब न दिया तो बाबू ने थैले में ठोकर मारी और कड़ककर बोला-उठाओ। यह किसका थैला है? एक कुली ने बाबू से कहा कि थैला कोई यूं ही छोड़कर नहीं जाता, इसे खोलना चाहिए। थैला खुला तो उसमें से औरत का धड़ निकला। सभी तरफ शोर मच गया।’’ मारवाड़िन ने बताया।

‘‘तुमने जो कुछ देखा था, पुलिस को क्यों नहीं बताया?’’ संजय ने पूछा।

‘‘बाबू! हम परदेशी हैं। पुलिस से कुछ कहते तो न जाने वे लोग हमें कितने दिन यहां रोके रहते।’’ मारवाड़ी ने कहा।

संजय उसकी स्पष्टवादिता पर मुस्कराया। इंस्पेक्टर स्तम्भित खड़ा था कि संजय किस चतुराई से असम्भव को संभव करके दिखा देता है। वह स्वयं जांच कर चुका था, लेकिन कहीं से कोई जानकारी इकट्ठी नहीं कर सका था। वह इस बात को स्वीकार कर चुका था कि संजय एक अद्वितीय गुप्तचर है। सचमुच ही सारे देश में उसकी कोई बराबरी नहीं कर सकता था। फर्श

पर खराशें देखकर ही उसने जान लिया था कि कोई टूटा-फूटा ट्रंक लाया था और थैला उस ट्रंक में था। संजय तो यह भी समझ गया था कि बरामदे में डेरा डाले पड़े परिवारों में से कोई परिवार रात की कार्वाई को अवश्य देखता रहा होगा।

संजय ने इंस्पेक्टर को चुप देखा तो बोला, ''मेरा अनुमान है कि वे दुश्मन के आदमी थे। वास्तव में वे हिप्पी और हिप्पन नहीं थे बल्कि उन्होंने मेकअप ही वैसा बना रखा था।''

सुनकर इंस्पेक्टर और भी हैरान रह गया।

''आइये अब मैं आपको एक जगह ले चलूं।'' संजय ने इंस्पेक्टर से कहा।

''कहां?''

''रजनीश की पत्नी के पास जिसे वह छोड़ चुका है।''

''क्या रजनीश की कोई पत्नी भी है? आपको कैसे पता चला?''

''इंस्पेक्टर साहब! जासूस का काम ही यही है कि वह ढंकी-दबी बातों को उघाड़कर रख दे। आइये चलें।''

आधे घण्टे बाद वे 'डालीगंज' में 'पटवर्धन नृत्य-संगीत मण्डली' के कार्यालय में पहुंच गए। मण्डली के प्रबन्धक ने संजय को देखा तो बोला, ''संजय बाबू! आपको फिर निराशा होगी, क्योंकि राजश्री अभी नहीं आई। उसके साथी कानपुर से लौट आए हैं।''

''क्या कारण हो सकता है कि राजश्री क्यों नहीं लौटी? क्या आज उसे प्रोग्राम पेश नहीं करना?''

''आज रात के प्रोग्राम में तो उसे मुख्य भूमिका निभानी है।'' मण्डली का प्रबन्धक बोला।

''उसके साथी राजश्री को अपने साथ क्यों नहीं लाए?''

''राजश्री उनके साथ गई होती तभी तो उनके साथ लौटती। जब परसों वह अपने साथियों के साथ कानपुर गई तो साथियों का कहना है कि लखनऊ से दस मील जाने पर उसने कानपुर जाने का इरादा स्थगित कर दिया और टैक्सी से उतर गई।''

''क्यों?'' संजय ने चैंककर पूछा।

''साथियों को राजश्री ने कहा था कि वह अपने फ्लैट में कोई कीमती चीज भूल आई है। वह अपने साथियों का मनोरंजन-प्रोग्राम खराब नहीं करना चाहती थी। इसलिए उन्हें उसने कानपुर जाने दिया। साथी तो कानपुर रवाना हो गए और वह बस-स्टैंड की ओर चली गई। लेकिन वह यहां नहीं पहुंची। लखनऊ वापस आकर उसने फोन तक नहीं किया।''

संजय ने पूछा, ''क्या आप उसका हुलिया बता सकते हैं?''

प्रबन्धक ने बताया, ''राजश्री का कद पांच फीट छह इंच है। बदन उसका छरेरा है। छाती छत्तीस इंच, कमर चौबीस इंच है। कूल्हे ब्यालीस इंच के हैं।'' प्रबन्धक ने इस तरह बताया, जैसे उसने सारा नाप-माप अपने-आप लिया और रट रखा हो।

संजय बोला, ''आप तो हमारे सामने राजश्री को इस तरह पेश कर रहे हैं जैसे हम किसी सौन्दर्य-प्रतियोगिता के जज हों।''

''वह सचमुच ही एक सप्ताह बाद 'मिस लखनऊ' की प्रतियोगिता में शामिल होने वाली थी।'' प्रबन्धक बोला, ''यही वजह है कि मुझे उसके शरीर की सारी पैमाइश याद है। अगर आज राजश्री न लौटी तो रात के प्रोग्राम का सत्यानाश हो जाएगा।''

''क्या आप हमारे साथ एक घण्टे के लिए चल सकते हैं?'' संजय ने मण्डली के प्रबन्धक से पूछा।

''कहां?'' प्रबन्धक ने हैरान होकर पूछा।

''मुर्दाघर। आपको एक नवयुवती की लाश पहचाननी होगी।''

इंस्पेक्टर खादिम हुसैन का चेहरा हैरानी के मारे लटककर लम्बूतरा हो गया। संजय ने युवती के शव की पहचान का रास्ता कितनी आसानी से निकाल लिया था। सचमुच वह बेजोड़ जासूस था जो ऐसी कड़ियों को जोड़ लेता था जिन्हें पुलिस विभाग वाले नजरअंदाज कर देते थे।

तीनों चल पड़े।

□ □<br>□ □

मुर्दाघर में 'पटवर्धन नृत्य-संगीत मण्डली' के प्रबन्धक ने मेज पर पड़ी हुई लाश के दो टुकड़े आपस में जुड़े हुए देखे तो वह अपने दोनों हाथ मुंह तक उठा लाया। हैरान होकर वह बड़बड़ा उठा, ''राजश्री...यह तो राजश्री की लाश है।...ओह! हम तबाह हो गए।'' उसे रात का प्रोग्राम होता नजर न आया तो उसके होश उड़ गए।

इंस्पेक्टर खादिम हुसैन अपनी जगह स्तब्ध खड़ा था। वह संजय को देखे जा रहा था कि यह इंसान है या दूरबीन? घटनाओं को जोड़ने और जांचने में उसकी कार्यकुशलता, तस्वीर बनकर सामने आ गई।

संजय भी प्रबंधक के साथ उनके कार्यालय में लौट आया, क्योंकि प्रबंधक ने बताया था कि उन्होंने कार्यालय के नीचे ही दो फ्लैट किराए पर ले रखे थे। एक फ्लैट में मण्डली की अभिनेत्रियां रहती थीं और दूसरे फ्लैट में अभिनेता और संगीतकार वगैरह।

प्रबंधक के साथ वह अभिनेत्रियों के फ्लैट में प्रविष्ट हुआ। वहां तीन युवतियां नजर आईं। उन सबने अनोखे लिबास पहन रखे थे। प्रबंधक ने उन्हें संजय का परिचय दिया और यह भी बता दिया कि राजश्री की हत्या कर दी गई है। इस पर तीनों युवतियां एक साथ चीख उठीं। जल्दी-जल्दी उन्होंने कुछ सवाल पूछे, जिनका प्रबंधक ने भी जल्दी-जल्दी जवाब दे दिया।

49

संजय ने एक अभिनेत्री से यह पूछ कर कि राजश्री का सामान कौन-सा है, तलाशी शुरू कर दी। उसके सामान से कोई उपयोगी चीज न निकली। तब उसने एक युवती से पूछा, ''परसों जब आप राजश्री के साथ कानपुर के लिए रवाना हुईं तो कोई आपकी टैक्सी का पीछा तो नहीं कर रहा था?''

''हमने तो ध्यान दिया नहीं। हां, राबिन चौधरी ने यह शक जरूर प्रकट किया था कि हमारी टैक्सी के पीछे जो टैक्सी थी, वह हमारी टैक्सी का पीछा कर रही थी और राजश्री बार-बार पीछे मुड़कर देखती थी। राबिन चौधरी ने राजश्री को पिछली टैक्सी की ओर कुछ इशारे करते हुए भी देख लिया था। उन इशारों के बाद ही राजश्री ने यह बहाना किया था कि वह उस फ्लैट में अपनी कोई चीज भूल आई है।'' युवती ने बताया।

संजय ने आगे पूछा, '' टैक्सी से उतर जाने के बाद राजश्री तो वहीं रह गई, लेकिन आपकी टैक्सी का पीछा करने वाली टैक्सी किधर गई?''

''राजश्री टैक्सी से उतरकर बस-स्टैंड की ओर गई थी। हमारी टैक्सी आगे बढ़ गई। वह टैक्सी दो-तीन मील तक हमारा पीछा करती रही, फिर मुड़ गई। हम आपस में बहस करने लगे। सबकी यही राय थी कि राजश्री बस में लखनऊ वापस नहीं गई होगी। वह उस टैक्सी में बैठ गई होगी जो हमारी टैक्सी का पीछा करते हुए वापस चली गई थी।''

संजय ने पूछा, ''क्या आपमें से किसी ने यह देखा था कि आपकी टैक्सी का पीछा करने वाली टैक्सी में कौन था?''

''हमने तो नहीं देखा, राबिन ने उसे देखा था। टैक्सी में अजीब-सी शक्ल-सूरत का व्यक्ति बैठा था। उसके चेहरे पर काले शीशों वाली ऐनक का नकाब था।'' युवती ने बताया।

''आप कैसे कहती हैं कि उसकी शक्ल-सूरत अजीब-सी थी?''

''राबिन चौधरी का बयान है कि उसके कन्धे झुके हुए थे। दाढ़ी का भी अनोखा ही फैशन था। कटी-छटी दाढ़ी थी जो उसकी कनपटी पर घनी कलमों से जा मिलती थी। ठोड़ी आधी साफ थी और आधी पर दाढ़ी थी। उसके हाथ चौड़े-चौड़े थे।''

इंस्पेक्टर के मुंह से निकल गया-''रजनीश...''

अभिनेत्री से नकाबपोश का हुलिया सुनकर संजय का ध्यान भी रजनीश की ओर गया। वह सोचने लगा कि राजश्री की हत्या से रजनीश का क्या सम्बन्ध हो सकता है? वह रजनीश ही था या कोई और नकाबपोश? राजश्री उसके साथ गई और मौत के घाट उतार दी गई। वह नकाबपोश उसे कहां ले गया? राजश्री का धड़ इस तरह क्यों काटा गया कि वह दो अलग-अलग युवतियों के धड़ जान पड़ें?''

दुश्मन ने कैसी चालाकी से काम किया था? निचला आधा धड़ काटकर उसने नाभि के नीचे का आधा इंच गोश्त और छील दिया था ताकि ऊपर का धड़ अगर निचले धड़ के हिस्से के साथ जोड़ा जाये तो दोनों धड़ आपस में फिट न बैठें।

'डालीगंज' से लौटते हुए इंस्पेक्टर ने पूछा, ''आप इतनी जल्दी पता लगा ही चुके हैं कि दो आधे-आधे धड़ों वाली लाश राजश्री की थी जो रजनीश की पत्नी थी। आपकी राय में वह कौन-सी लड़की हो सकती है जिसे दुश्मन मौत के घाट उतारना चाहता है?''

''इस समय मेरी नजर में दो लड़कियां हैं। एक लड़की वह हो सकती है जो विधवा रूपवती के मकान में रजनीश की बहन शेफाली उर्फ पूर्णिमा से मिलने आई थी। शायद वह लड़की शेफाली से उसके भाई को मिलाने लाई थी। मुझे यह शक हो रहा है कि वह लड़की फरार होकर रजनीश की मदद कर रही है। मैं उस लड़की को देख नहीं सका। दूसरी लड़की रमा गौरी हो सकती है जो अपना फ्लैट छोड़कर कहीं चली गई है और अपना फ्लैट किसी की निगरानी में छोड़ गई है।''

''वह कौन है?'' इंस्पेक्टर ने जिज्ञासावश पूछा।

''वह 'हजरतगंज' में 'एवरेस्ट' नामक शराब की दुकान का मालिक गोपालकृष्ण है।''

''कमाल है।'' इंस्पेक्टर संजय की प्रशंसा किये बिना न रह सका। वह बोला, ''आप तो इस केस में दूर तक पड़ताल कर चुके हैं। हैरान हूं कि पुलिस तो अभी अंधेरे में ही हाथ-पांव पटके जा रही है।'' जब उसने संजय को चुप खड़े देखा तो पूछा, ''क्या सोच रहे हैं आप ''

''मैं यह सोच रहा हूं कि रमा गौरी कई दिनों से लुप्त है। कहीं उसका भी वही हश्र न हुआ हो जो राजश्री का हो चुका है। खैर, आप सदर कोतवाली चलिये। मैं गोपालकृष्ण से जाकर मिलता हूं। मेरा वहां अकेले जाना ही ठीक होगा। मेरा मतलब है कि मेरे साथ पुलिस-इंस्पेक्टर नहीं होना चाहिए।''

संजय की बात समझकर इंस्पेक्टर ने कहा, ''तो फिर आप मुझे यहीं उतार दीजिए, मैं टैक्सी से चला जाऊंगा।''

संजय ने इंस्पेक्टर को उतार दिया और स्वयं 'हजरतगंज' की ओर रवाना हुआ।

# 8

'हजरतगंज' में इस समय बड़ी रौनक थी।

संजय ने अपनी कार गोल चक्कर के पास उस जगह खड़ी कर दी जहां एक पीले-से बोर्ड पर काले अक्षरों में लिखा था-

'पार्क हिअर।' (मोटर यहां खड़ी कीजिए)

एक मैला-कुचैला लड़का लपकता हुआ आया। संजय ने उससे कहा, ''कार का ध्यान रखना, तुम्हें इनाम मिलेगा।''

''चिन्ता न करें सरकार। इस कार के पास कोई फटकने भी नहीं पाएगा।''

51

संजय मुस्कराया और रौनक-भरे बाजार की ओर बढ़ा। उसे जल्दी ही 'एवरेस्ट' नामक शराब की दुकान मिल गई। दुकान शानदार थी। लोहे के खुले हुए शटरदार दरवाजे के पीछे मोटे और पारदर्शी शीशों का फोल्डिंग दरवाजा था जिसके दाएं पट पर लिखा था-'धकेलिये।'

संजय ने पट धकेला और दरवाजा पार करके दुकान के भीतर पहुंचा। उस समय गोपालकृष्ण की पीठ दरवाजे की ओर थी। एक मनमोहक रूप-रंग की लड़की किसी क्रेट में से विदेशी शराब की बोतलें उठाकर साफ कर रही थी। गोपालकृष्ण उन्हें अलमारी में क्रम से लगा रहा था।

जैसे ही उन्होंने पीछे से पदचाप सुनी, गोपालकृष्ण ने मुड़कर देखा और चहक उठा, ''आहा! आशा नहीं थी कि आपसे इतनी जल्दी भेंट होगी। आइये, क्या पीजियेगा?''

''मैं पीता जरूर हूं, मगर न काम के दौरान पीता हूं और न दिन में।'' संजय ने कहा। वह दो बड़ी अलमारियों के दरम्यान दरवाजे की ओर देखने लगा जो कि पिछले कमरे में खुलता था। दरवाजे की चौखट के ऊपर लिखा था-'स्टोर'।

छबीली लड़की स्कॉच-व्हिस्की की बोतलों का खाली क्रेट उठाकर स्टोर-द्वार की ओर आई और पट खोलकर भीतर चली गई। जाते हुए उसने संजय को कनखियों से देखा। लड़की ने गोदाम का दरवाजा बड़े आराम से खोला। दरवाजे के शून्य में वह आप खड़ी हो गई ताकि गोदाम का अंदरूनी हिस्सा किसी को नजर न आए।

संजय को उस लड़की की हरकत पर शक हुआ।

''आप उधर क्या देख रहे हैं?'' गोपालकृष्ण ने पूछा।

''कुछ नहीं।'' संजय बोला, ''मैं आपके पास रमा गौरी का पता पूछने आया हूं। आपको यह बताना होगा कि इस समय वह कहां हैं?''

''वह मुझसे तो यह कहकर गई थीं कि इलाहाबाद जा रही हूं। मुझे उनका इलाहाबाद का पता मालूम नहीं है। आप...व्हिस्की न सही, एक बोतल बीयर ही पी लीजिए।''

''हां, बीयर पी सकता हूं।'' संजय बोला, ''मुझे सख्त प्यास लगी है।''

गोपालकृष्ण मुड़कर रेफ्रीजरेटर पर झुक गया जिसमें बीयर की बोतलें थीं। संजय यह अनुकूल अवसर पाकर गोदाम के दरवाजे की ओर बढ़ा और प्रविष्ट हो गया। वहां क्रेटों और बक्सों के अम्बार लगे हुए थे। वह छबीली लड़की गोदाम में नहीं थी।

कहां चली गई।

इस सवाल ने संजय को चकरा दिया। वह ऊपर-तले लगे हुए बक्सों की दीवार के पीछे पहुंच गया। वहां जंगलेदार एक सीढ़ी नीचे जाती थी। तहखाने को भी शायद गोदाम के तौर पर इस्तेमाल किया जाता था। संजय बड़ी आहिस्तगी के साथ सीढ़ियां उतरने लगा। उसने ऊपर के गोदाम में भारी कदमों की आवाज सुन ली थी। वह समझ गया कि गोपालकृष्ण उसके पीछे आ रहा है।

अभी उसने आधी सीढ़ियां ही तय की थीं कि उसने छबीली लड़की की आवाज सुनी, ''चादर से मुंह ढांपकर लेट जाओ। बीमार बन जाओ। जिस मशहूर जासूस की तुम आपस में बातें करते रहे हो, वह इस समय दुकान में है। कहीं उसे कोई शक न हो जाय।''

इस बीच संजय तहखाने में पहुंच चुका था जिसके भीतर छोटी-सी गलियारी थी और उसके बाद बहुत बड़ा दरवाजा था। छबीली लड़की की आवाज उसी दरवाजे में से आई थी। संजय तेज-तेज पग उठाता हुआ उस कमरे में प्रविष्ट हो गया। उसने देखा कि दुकान की नौकर लड़की एक परी-जैसी लड़की के पास खड़ी थी।

इस कमरे में भी शराब का स्टॉक पड़ा था, लेकिन एक कोने में सुसज्जित आवास बना दिया था। उस कोने में पलंग पर एक नवयुवक बैठा था, उसके सामने तिपाई पर प्लेट पड़ी थी। प्लेट में दो पनीर-सैंडविच थे और वह नवयुवक बीयर पी रहा था।

संजय को सामने पाया तो दुकान की नौकर लड़की ने हैरानी से अपना नाजुक हाथ होंठों पर रख लिया और उसे घूरती रह गई। परीनुमा लड़की और पलंग पर बैठा हुआ नवयुवक इस समय फटी-फटी आंखों से संजय को देखे जा रहे थे। संजय कुछ पूछने ही को था कि गोपालकृष्ण आ पहुंचा। वह कुछ परेशान और रुष्ट था। उसने संजय को कहा, ''यह सरासर बदतमीजी है कि आप आज्ञा लिए बिना गोदाम में चले आए।''

''यह बदतमीजी नहीं है, जासूसी है।'' उसने करारा जवाब दिया, ''बदतमीजी तो आप ही शुरू से किये जा रहे हैं। आपने अभी-अभी झूठ बोला कि मिस रमा गौरी इलाहाबाद में हैं और आपको इलाहाबाद में इनका ठौर-ठिकाना मालूम नहीं?'' कहकर संजय ने दुकान की नौकर लड़की के पास खड़ी परीनुमा लड़की की ओर इशारा किया।

गोपालकृष्ण शायद कोई झूठा जवाब तलाश लेता, लेकिन छबीली लड़की स्वीकृति में सिर हिला चुकी थी।

''और...यह मिस्टर रजनीश हैं।'' संजय ने नाटकीय अंदाज में उंगली से पलंग पर बैठे हुए नवयुवक की ओर इशारा किया।

गोपालकृष्ण कुछ कहने के लिए होंठ खोल रहा था कि पलंग पर बैठा नौजवान एक ही सांस में बीयर पीकर बोला, ''आपने कैसे जाना कि मैं रजनीश हूं?''

संजय मुस्कराकर बोला, ''कभी-कभी आदमी का नाम उसके माथे पर लिखा होता है। आपके चेहरे पर तनाव और चिन्ता की छाया है। आपकी आंखों के पपोटे बोझिल हैं जो बता रहे हैं कि आप कई दिनों से नींद नहीं ले पाए। आपकी आंखों के गिर्द काले घेरे बता रहे हैं कि रातें आपने जागकर गुजारी हैं। जिसे हर घड़ी पुलिस का धड़का लगा रहता है, वह कैसे सो सकता है?''

''क्या यह वही मशहूर जासूस संजय हैं जिन्हें यहां की पुलिस ने खासतौर पर दिल्ली से मंगवाया है।'' मिस रमा गौरी ने गोपालकृष्ण से पूछा।

‘‘जी हां, यह वही संजय बाबू हैं।’’ गोपालकृष्ण ने जवाब दिया और संजय की ओर बढ़ा, ‘‘जब मेरा और मिस रमा गौरी का भेद आपके सामने खुल ही गया है कि यह इलाहाबाद में नहीं, बल्कि रजनीश के साथ मेरी ही दुकान में हैं, तो अब यह बताइये कि रहस्य जान लेने के बाद आप क्या चाहते हैं?’’

‘‘तो सुनिए।’’ संजय ने गंभीरता के साथ कहा, ‘‘मैं अभी रजनीश को पुलिस के हवाले नहीं करना चाहता। अभी मैं रजनीश को अपराधी नहीं समझता। मैं केवल यह पता लगाने की कोशिश कर रहा हूं कि हत्या की वारदातें कर कौन रहा है।’’

रजनीश बोला, ‘‘मैं गोपालकृष्ण और रमा गौरी का कृतज्ञ हूं कि इन्होंने मुझे यहां शरण दी और मेरी देखभाल की। इन्होंने मुझ पर बड़ा उपकार किया है। मैं नहीं चाहता कि यह मेरी वजह से किसी संकट में पड़ें। मैं यहां से चला जाऊंगा।’’

‘‘तुम मत बोलो।’’ गोपालकृष्ण ने प्यार से डांटा, ‘‘चुपचाप सैंडविच खाओ और बीयर पियो।’’

संजय ने पूछा, ‘‘क्या रजनीश की बहन शेफाली को पता था कि उसका भाई यहां है?’’

‘‘हां, उसे मालूम था। वह एक-दो बार उससे मिलने आई भी थी।’’

‘‘क्या कोई और आदमी भी जानता है कि रजनीश यहां है।’’

‘‘हमारे सिवा कोई भी नहीं जानता।’’ गोपालकृष्ण ने जवाब दिया, ‘‘आप बॉक्स पर बैठ जाइये।’’

सभी के व्यवहार में अब काफी परिवर्तन आ गया था। वे संजय को अपना शुभेच्छु समझने लगे थे।

‘‘क्या उर्मि वसन्त भी यह नहीं जानती कि रजनीश यहां है?’’ संजय ने साथ ही बता दिया, ‘‘वैसे मैं कल उससे मिला था। उसने यह जाहिर किया था कि वह रजनीश से मिलने या उसका संदेश पाने के वास्ते तड़प रही है।’’

‘‘आप उर्मि से मिले थे?’’ रजनीश को शायद विश्वास नहीं आया था।

‘‘हां।’’

‘‘कैसा है मेरा बेटा?’’

‘‘मजे में है।’’ संजय ने कहा। अचानक उसे उन चाबियों की याद आई। शेफाली के यहां से जो इंस्पेक्टर खादिम हुसैन को मिली थीं। उसने जेब से वह गुच्छा निकाला और हथेली पर रखकर बोला, ‘‘चाबियों के इस गुच्छे में दो चाबियां ऐसी हैं कि एक चाबी से रजनीश के फ्लैट का दरवाजा खोला जा सकता है और दूसरी चाबी से मिस रमा गौरी के फ्लैट का ताला आसानी से खोला जा सकता है। क्या आप बता सकते हैं कि इन दो चाबियों का रहस्य क्या है? क्या आप दोनों एक-दूसरे के फ्लैट में आते-जाते रहते थे?’’

‘‘लाइये, चाबियां मुझे दिखाइये।’’ रजनीश ने हाथ बढ़ाया।

संजय ने चाबियां उसे दे दीं। वह चाबियों को उलट-पलटकर बोला, ''मैं पहली बार चाबियां देख रहा हूं।''

''ये चाबियां मेरी नजर से भी नहीं गुजरीं।'' कहकर छबीली लड़की ने रजनीश की हथेली पर से चाबियां उठा लीं और उन्हें अच्छी तरह परख-जांचकर बोली, ''यह बड़ी चाबी बहुत अनोखी है जिस पर '278-एन 8' खुदा हुआ है। मेरा विचार है कि किसी बैंक के लॉकर की चाबी है।''

संजय भी चौंका। अभी तक उसे यह बात सूझ ही नहीं पाई थी। वह नौकर लड़की की बुद्धिमत्ता पर हैरान रह गया। तुरन्त उसने कहा, ''एन से मतलब है 'नेशनल बैंक'। लॉकर का नम्बर 278 है। कमरे का नम्बर 8 है। मुझे अभी-अभी यह देखना होगा कि जिस लॉकर की यह चाबी है, उसमें क्या कुछ रखा है। अभी मुझे रजनीश जी से कुछ और प्रश्न पूछने हैं। इन पर यह आरोप है कि इन्होंने तीन लड़कियों को बड़ी निर्ममता से मार डाला है।''

''ये आरोप झूठे हैं।'' रजनीश ने विरोध किया, ''यह ठीक है कि एक बार मेरा लहू भीगा कोट और रिवॉल्वर पाया गया, मगर वे दोनों चीजें कोई चुराकर ले गया था और रख भी गया था। शायद उसके लिए उसने चाबियों का यही गुच्छा इस्तेमाल किया था। दूसरी बार एक आदमी ने यह बयान दिया कि मैं एक फ्लैट में किसी लड़की का सतीत्व लूटने के बाद भाग खड़ा हुआ। तीसरी बार एक लड़की के कमरे में हाथ में चाकू लिए खड़ा पाया गया। उस लड़की का भी किसी ने शील-भंग किया था।'' रजनीश बोला।

संजय ने पूछा, ''आप इन वारदातों की बाबत क्या कुछ जानते हैं?''

''मैं कुछ नहीं जानता। समाचार-पत्रों में इस तरह से कहानियां छपीं जिनमें मुझे खूनी हिंसक और जानवर के रूप में पेश किया गया। यहां तक कि मुझे खतरनाक हद तक चुस्त, तेज-तर्रार और अपराधी बताया गया। अखबारों के अनुसार मैं हरेक वारदात के बाद निकलता रहा हूं और पुलिस की पकड़ में नहीं आया।''

''सच्चाई क्या है?'' संजय ने जानना चाहा।

''फरार तो मैं हूं ही, लेकिन मैं फरार तब हुआ जब समाचार-पत्रों में हत्या की एक वारदात के सिलसिले में मेरा नाम उछाला गया। मैं पहले अपने दोस्त बलजीत के पास रहा। हत्या की दूसरी घटना के बाद मैं अपनी बहन के पास रहा, क्योंकि इस बात का किसी को पता न था कि मेरी बहन भी है। कत्ल की तीसरी घटना के बाद मैं चन्द्राणी के पास रहा, तब मुझ पर ज्योत्स्ना के कत्ल का कलंक लगाया गया।''

''क्या आप उसे मोटर साइकिल पर सिनेमा दिखाने नहीं ले गए थे?''

''नहीं। मुझे तो चंद्राणी सिनेमा ले गई थी। इण्टरवल में हमने फलों का रस पिया। रस पीकर मुझ पर अनोखी-सी शिथिलता-सी छा गई। शो खत्म हुआ तो चन्द्राणी ने मुझसे अपील की कि मैं ज्योत्स्ना को मोटर-साइकिल पर बिठाकर 'आधुनिक थियेटर' की इमारत में जाऊं

तब तक मैं ज्योत्स्ना को जानता भी नहीं था। मैंने चन्द्राणी से कहा कि मेरे पास मोटर साइकिल कहां से आई? चन्द्राणी कहने लगी कि उसका प्रबन्ध हो जाएगा। सिनेमा के बाहर आए तो जहां साइकिलें वगैरह खड़ी की जाती हैं, वहीं से मुझे 'जावा' मोटर साइकिल मुहैया कर दी गई। मुझे अच्छी तरह याद नहीं, लेकिन...वह मोटर साइकिल किसी अजीब से नौजवान का था। जिसने आंखों पर काला चश्मा लगा रखा था। उसके कन्धे गोल और झुके हुए थे।''

''हूं...'' संजय ने जैसे हुंकारा भरा।

''ज्योत्स्ना को मोटर साइकिल पर बिठाकर मैं आगे बढ़ा। जैसे-जैसे मुझे हवा लगी, मैंने महसूस किया कि मुझे कुछ भी दिखाई नहीं दे रहा था, बल्कि मेरा दिमाग भी काम नहीं कर रहा था। थोड़ी दूर जाकर मुझे सबसे बड़ी हैरानी इस बात पर हुई कि ज्योत्स्ना मेरे पीछे नहीं बैठी हुई थी। वह कूद गई थी या कहीं गिर पड़ी। मैं यह देखने के लिए पीछे मुड़ा तो मोटर साइकिल एक ट्रक से जा टकराई। मैं दूर जा गिरा और बच गया, लेकिन बेहोश हो गया। होश आया तो मैंने देखा कि मोटर साइकिल चूर-चूर हो चुकी थी। पास ही ज्योत्स्ना पड़ी थी जिसे बड़ी निर्दयता से कुचल दिया गया था।''

''क्या चन्द्राणी आपकी मंगेतर है?'' संजय ने पूछा।

रजनीश बोला, ''वह भी सुन लीजिये। चन्द्राणी से मंगनी का भी अजीब किस्सा है। उसने मुझे बताया कि वह किसी युवक के संसर्ग से गर्भवती हो गई थी और युवक उसके साथ विवाह करने को राजी न हुआ। चन्द्राणी ने कहा कि मैं उससे मंगनी कर लूं ताकि अपमानित होने से बचा सकूं।''

संजय ने पूछा, ''चन्द्राणी ने आपको शादी की बजाय मंगनी की बात क्यों कही?''

''वह शादी नहीं करना चाहती थी। कारण उसने यह बताया था कि वह उसी नौजवान से शादी करना चाहती थी जिसका बच्चा उसके पेट में था। वह मेरे साथ मंगनी की बात मशहूर करके उसके मन में प्रतिद्वन्द्विता की भावना जगाना चाहती थी। इस तरह वह उसे अपने जाल में फंसाना चाहती थी। मैंने उस पर तरस खाकर मंगनी कर ली। मंगनी की रस्म के अवसर पर चन्द्राणी ही कुछ लोगों को लाई जिन्हें मैं नहीं जानता। तसवीरें भी उतारी गई थीं।''

संजय ने कहानी का सूत्र पकड़कर बात आगे बढ़ाते हुए पूछा, ''आपका कहना है कि आपने किसी लड़की की हत्या नहीं की, फिर आप घटना-स्थल पर कैसे मौजूद होते थे?''

रजनीश ने उत्तर में कहा, ''यह एक ऐसी पहेली है जिसे स्वयं मैं भी हल नहीं कर पाया। हरेक वारदात से पहले चन्द्राणी उसी काले चश्मे और झुके कन्धों वाले नौजवान को मेरे पास लाती। हम मिलकर बीयर, व्हिस्की या रस पीते और पीते ही मेरी हालत खराब हो जाती। मुझे ऐसा अनुभव होता जैसे मुझे कोई मेरे घर या दूसरी किसी जगह ले जाता। मुझे यह तो अहसास होता कि कोई मेरे साथ है, लेकिन याद करने पर भी उसका हुलिया याद न कर सकता। जब मैं

भयानक स्थिति में घिर जाता तो मुझे होश आ जाता और मैं भाग निकलने की कोशिश करता। मानसिक शक्ति के भरोसे मैं फरार होने में कामयाब हो जाता।''

''चन्द्राणी से आपकी भेंट कब, कहां और कैसे हुई?''

रजनीश बोला, ''कोई...पांच महीने पहले की बात है। 'हुसैनगंज' में कट-पीस की मशहूर फर्म है 'वीयर वैल'। वहां ज्यादातर औरतें काम करती हैं। मेरे एक दोस्त की बहन भी वहां नौकरी पर थी और चन्द्राणी भी। मेरा दोस्त 'वीयर वैल्' फर्म की चालीसवीं वर्षगांठ पर रात को वहां ले गया। व्हिस्की का दौर चल रहा था। चन्द्राणी गहरे सुरूर में थी। न जाने क्यों मैं उसे भा गया। मेरी अपनी पत्नी राजश्री मुझे छोड़कर जा चुकी थी। चन्द्राणी को मैंने देखा तो वह मुझे पसन्द आई। मैंने साहस करके अपना परिचय उसे दिया। जल्दी ही चन्द्राणी ने शर्त पेश की मैं उसके साथ मिलकर पिऊं। अगर वह आउट हो गई तो वह रातभर का समय मेरे साथ गुजारेगी; अगर मैं आउट हो गया तो मुझे उसकी तीन बातें माननी होंगी। चन्द्राणी ज्यादा पीकर आउट हो गई, लेकिन बदमस्ती में भी उसे अपना वचन याद रहा। वह शराबियों की तरह बार-बार यह दुहराने लगी कि मैं ही उसे उसके घर छोड़कर आऊं। उसके बाद चन्द्राणी से अक्सर मुलाकात होने लगी।''

''क्या आप नाराजगी के बाद अपनी पत्नी से मिलते रहे?''

''नहीं?''

''क्या परसों आप राजश्री को कानपुर जाते हुए राह में से ही वापस ले आए थे?''

''आप कैसी बात कर रहे हैं। मैं तो यहां से बाहर ही नहीं निकला, क्योंकि मैं जानता था कि फरार होने की कोशिश में चार पुलिस-अधिकारियों को मैंने बहुत घायल कर दिया था। मैं बाहर निकलता भी तो पुलिस मुझे झपट लेती।''

''अब मैं एक दर्दनाक सवाल पूछूंगा। क्या आपने नकाब पहनकर अपनी बहन की हत्या की?'' संजय ने पूछा।

''मुझे शेफाली से अपार स्नेह था।''

''क्या आपने राजश्री को कत्ल किया?''

''क्या?'' रजनीश चौंक पड़ा, ''क्या राजश्री को मार डाला गया?'' उसकी आवाज में खुशी भी थी।

''हां, और उसकी लाश को दो टुकड़ों में करके अलग-अलग जगहों पर फेंक दी गई।'' संजय ने बताया।

''मैं नहीं जानता कि राजश्री को किसने मार डाला।''

''आप जब चन्द्राणी के यहां रहे तो क्या आपने वहां काले नकाबवाले दो लिबास देखे थे?''

''नहीं।''

‘‘चन्द्राणी के यहां क्या आपने ज्योत्स्ना के प्रेमी उमेशचन्द्र मेहरा की हत्या की?’’

‘‘नहीं।’’

‘‘तो अब मेरे अंतिम सवाल का जवाब दीजिए। जब आप पुलिस से इतने डरे हुए थे तो आप ‘मालिन’ रेस्तरां में क्या लेने गए थे जहां केवल औरतें काम करती हैं?’’ संजय ने पूछा।

‘‘वह मेरी मूर्खता जरूर थी, लेकिन उसके पीछे एक जबरदस्त भावना काम कर रही थी। मेरे मन में एक खटक-सी थी कि जब भी हत्या की वारदात होती और मेरा नाम उससे जुड़ जाता था, तब उससे पहले मुझे बेसुध कौन करता था? क्या चन्द्राणी उस झुके हुए कन्धे वाले से मिलकर ऐसा करती थी? मैंने अपने मन की बात चन्द्राणी से कह दी। उसने मेरी हंसी उड़ाई कि यह मेरा वहम था कि कोई मुझे गाफिल कर देता था?’’

‘‘फिर?’’ संजय ने उत्सुकता से पूछा।

‘‘उसने मुझे इस बात पर जोर दिया कि झुके हुए कन्धों वाला उसका साथी एक नेक इंसान है। वह अपने साथी की ही मदद से यह जान चुकी थी कि कौन मेरे साथ दुश्मनी कर रहा है। उसने मुझे बताया कि मेरा दुश्मन रेस्तरां ‘मालिन’ में आएगा और वह भी उसका पीछा करती हुई आएगी। तब वह इशारे से मुझे मेरे दुश्मन का पता देगी जिसे मैं मार डालने का इरादा बांध चुका था। न चन्द्राणी आई न दुश्मन। पुलिस ने छापा मारा और मुझे गिरफ्तार कर लिया? उस बार फिर मैं अपनी दृढ़ इच्छाशक्ति के सहारे फरार होने में सफल रहा। ये लोग मुझे यहां ले आए। ये मेरी सहायता इसलिए कर रहे हैं कि मुझे बेगुनाह समझते हैं।’’

संजय ने सब तरह से तसल्ली कर लेने के बाद रजनीश को हिदायत की, ‘‘यह जगह आपके लिए बेहतरीन शरण-स्थल है। पुलिस यहां नहीं पहुंच सकती। आपको यह शक नहीं होना चाहिए कि मैं आपको इस जगह रहने पर इसलिए मजबूर कर रहा हूं कि आसानी से पकड़वा सकूं। एक बात याद रखिये कि सच्चा जासूस अपराधी को कभी सुरक्षा नहीं देता, उसकी हिफाजत हरगिज नहीं करता। मैं चूंकि आपको निरपराध समझता हूं, इसलिए आपकी मदद करना चाहता हूं। आपकी मदद करने का एक कारण और भी है। मुझे ऐसा प्रतीत हो रहा है कि मेरी असावधानी से आपकी बहन का खून हो गया। अगर मैं चौकस रहता तो आपकी बहन को बचा सकता था। मैं इसी सूरत में अपनी असावधानी का पश्चाताप कर सकता हूं कि आपको बिन-आई मौत मरने से बचा सकूं।’’

संजय के कहने के ढंग में इतना अपनत्व था कि उस पर विश्वास न करना पाप था। रजनीश, रमा गौरी और गोपालकृष्ण ने उसकी सहायता के प्रस्ताव को कृतज्ञता के साथ स्वीकार किया।

जब वह तहखाने से ऊपर आया तो गोपालकृष्ण और छबीली लड़की उसके साथ थी। लड़की की आंखों में अहसान की मीठी-मीठी प्यास थी जैसे कह रही हो-आ, तुझे सीने से लगा लूं।

## 9

संजय में खास गुण यह था कि वह होंठों और आंखों की बोली भी सुन लेता था, भले ही होंठों से एक शब्द भी न फूटे। यही वजह थी कि छबीली लड़की को आप ही साथ ले आया था। गोपालकृष्ण को भी बात उचित जान पड़ी कि बैंक का लॉकर देखने वाली बात सुझाकर उसने जब इतना बड़ा साथ दिया है तो बैंक तक उस लड़की का संजय के साथ जाना खुशी की ही बात थी। संजय ने लड़की की आंखों में आया संदेश पढ़ लिया था। रास्ते में संजय ने पूछा, ''तुम्हारा नाम क्या है?''

''माया...मायारानी।''

''कुमारी माया। तुम गोपालकृष्ण के पास कब से काम कर रही हो?''

''दो साल से।''

संजय ने उसकी ओर गंभीरता से देखा और फिर कार की गति धीमी करके उसने जरा कर्कश स्वर में पूछा, ''माया! तुमने मेरे साथ बैंक चलने का आग्रह क्यों पकड़ा? तुम एक जासूस को धोखा नहीं दे सकती हो? तुम मेरे साथ-साथ क्यों आना चाहती थीं?''

माया हंसने लगी। उसकी हंसी में डर या प्रपंच नहीं था। उसने कहा, ''आपको शायद मालूम नहीं है कि शेफाली मेरी अभिन्न सखी थी। जिस रात रमा और मिस्टर गोपालकृष्ण रजनीश को दुकान की बेसमैंट में लाए, मैं ही शेफाली को उसके भाई से मिलाने के लिए आधी रात को उसके मकान से लाई थी।''

''वह भाई से मिलकर कब वापस गई?''

''मुंह-अंधेरे। मैं ही उसे छोड़ने गई। एक बात पर मैं हैरान हूं कि वह दुबारा भाई से मिलने नहीं आई। हम रजनीश की निगरानी कर रहे थे। मुझे भी शेफाली के पास जाने का अवसर नहीं मिला। जिस रात मैं शेफाली के पास यह संदेश लेकर गई थी कि रजनीश सुरक्षित है और हमारे पास है, तो उसने मेरे साथ रास्ते में आते हुए मुझे इस बात से सावधान किया था कि वह अपने तौर पर खोजबीन कर रही है कि उसके भाई का दुश्मन कौन है। उसने मुझे यह भी बताया कि उसने बहुत-सी काम की बातें मालूम की हैं। उसे चाबियों का एक गुच्छा मिला है जिससे उसके भाई के दुश्मन का सुराग मिल जाएगा। मैंने बहुत पूछा कि वे चाबियां उसे कहां से मिलीं, लेकिन उसने मेरे प्रश्न का कोई उत्तर न दिया। उसने केवल इतना बताया कि चाबियों के उस गुच्छे में एक चाबी बैंक के लॉकर की है। बोलिये, मैं जासूस हूं या नहीं? आपने जब चाबियों का गुच्छा दिखाया तो मैं समझ गई कि ये वही चाबियां थीं जिनकी चर्चा शेफाली ने की थी। मेरी उत्सुकता बढ़ गई और मैंने इरादा किया-क्यों न आपके साथ बैंक चलकर देखूं कि लॉकर में रजनीश के कौन-से दुश्मन का सूत्रा हाथ आ सकता है।''

संजय बोला, ''मैंने जिस दिन विधवा रूपवती का एक फ्लैट किराए पर लिया था, उस दिन एक लड़की शेफाली को अपने साथ ले गई थी। क्या तुम उसके पास आई थीं?''

''नहीं, मुझे तो उसे मिले हुए तीन दिन बीत चुके हैं।'' माया ने जवाब दिया।

संजय और माया साथ-साथ 'नेशनल बैंक' की इमारत में घुसे। वे सीधे मैनेजर के कमरे में गए। चपरासी ने एक चिट और पेंसिल संजय की ओर बढ़ा दी। संजय ने उस चिट पर अपना नाम और आने का उद्देश्य लिख दिया। चपरासी चिट लेकर अंदर गया और तत्काल लौट आया। वह बोला, ''मैनेजर साहब आपको बुला रहे हैं।''

वास्तव में 'नेशनल बैंक' का मैनेजर मौजूदा हत्याकाण्ड में गहरी दिलचस्पी रखता था। रोज वह बड़े ध्यान से समाचार-पत्र में इस बारे में पढ़ता रहता था। संजय का नाम चिट पर देखते ही वह अपने को सौभाग्यशाली समझने लगा। देश के मशहूर जासूस से उसे मिलने का अवसर आया था-आमने-सामने।

संजय को कमरे में आकर परिचय देने की जरूरत न पड़ी। मैनेजर ने उन दोनों को उठकर कुर्सी पेश की। संजय ने चाबियों का गुच्छा मेज पर रख दिया और पूछा, ''यह चाबी आपके बैंक के लॉकर की ही है न?'' संजय ने बड़ी चाबी अलग पकड़कर दिखाई।

''जी हां। यह हमारे बैंक के ही लॉकर की है। हमारे बैंक ने दरअसल लॉकरों की एक नई योजना शुरू की है-अपने गाहकों और उनके मेहमानों के लिए। हमारे ग्राहकों के यहां मेहमान आते ही रहते हैं। अपने साथ वे कीमती चीजें भी लाते हैं। उन्हें कुछ ही दिन ठहरना होता है। हमने अपने गाहकों यानि...डिपॉजिटरों को यह सुविधा दी है कि वे एक रुपया रोज के हिसाब से अपने मेहमानों के सूटकेस और ट्रंक हमारे लॉकरों में रख सकते हैं। हमने तिजोरियां बनाने वाली कम्पनी को विशेष ऑर्डर देकर बड़े लॉकर बनवाए हैं। आपके पास जो चाबी है, यह उन्हीं बड़े लॉकर्स की है। इस चाबी पर 'एन' का अक्षर दो बातों के लिए इशारा करता है-एक है 'नेशनल बैंक' और दूसरा है 'न्यू स्कीम'। क्या आप यह मालूम करना चाहते हैं कि लॉकर नम्बर '8' हमारे किस डिपॉजिटर के मेहमान का है?''

''जी हां, न केवल यही, बल्कि यह भी देखना चाहता हूं कि लॉकर नम्बर '8' में क्या-कुछ रखा गया है?'' संजय ने मनोरथ बताया।

''आपकी दोनों मांगें पूरी की जाएंगी।'' कहकर मैनेजर मुस्कराया और उसने घंटी बजाई। चपरासी भीतर आया तो मैनेजर बोला, ''जरा बाबू मोहनलाल को बुला लाओ।''

बाबू मोहनलाल आया तो मैनेजर ने उसे कहा, ''यह चाबी नई स्कीम के लॉकर की है। रजिस्टर देखकर बताओ कि यह हमारे किस डिपॉजिटर के मेहमान का लॉकर है?''

बाबू मोहनलाल चाबियों का गुच्छा उठाकर चला गया। पांच-सात मिनट बाद ही वह लौट आया। उसने आकर बताया, ''यह श्रीमती राजश्री का लॉकर है जिसे उन्होंने अपने किसी मेहमान को दिलवाया।''

‘‘क्या आप मेहमान का नाम और पता नोट नहीं करते? उससे कोई फॉर्म नहीं भरवाते?’’

‘‘मेहमान का नाम और पता नोट करते हैं, उससे फॉर्म भी भरवाते हैं। उसके प्रार्थना पत्र के साथ अपने डिपॉजिटर का पत्र भी नत्थी करते हैं। लेकिन इस केस में ऐसा नहीं किया गया। श्रीमती राजश्री ने यह सुविधा मांगी कि उनसे उनके मेहमान का नाम और पता न पूछा जाय, लॉकर उनके ही नाम पर दिया जाय। वही उस लॉकर को खोलने की अधिकारिणी होंगी।’’ बाबू मोहनलाल ने बताया।

‘‘खैर, चलिए मैनेजर साहब। हमें लॉकर नम्बर 8 खोलकर दिखाइये।’’ संजय ने उठते हुए कहा।

मैनेजर उन्हें बैंक की इमारत के बेसमेंट में ले गया। नई स्कीम के लॉकरों का कमरा बहुत बड़ा था। उसमें सचमुच ही बड़े-बड़े लॉकर थे। लॉकर नम्बर ‘8’ खोला गया तो संजय को हल्की-सी दुर्गन्ध आई। उस लॉकर के अंदर दो सूटकेस थे। एक सूटकेस बड़ा था और एक छोटा था।

‘‘यह दुर्गन्ध कैसी है?’’ मैनेजर ने सूंघते हुए कहा।

‘‘लॉकर बंद कर दीजिए।’’ संजय बोला।

लॉकर नम्बर ‘8’ बंद कर दिया गया।

‘‘मैनेजर साहब। चलिये, ऑफिस में चलें।’’ संजय ने कमरे से निकलते हुए कहा।

मैनेजर के ऑफिस में पहुंचकर संजय ने क्लर्क मोहनलाल से पूछा, ‘‘यह लॉकर कब लिया गया?’’

‘‘मैं रजिस्टर लाता हूं।’’

मोहनलाल जल्दी से रजिस्टर ले आया और उसे देखते हुए बोला, ‘‘यह लॉकर चार दिन पहले लिया गया है।’’

‘‘ठीक है, आप जा सकते हैं।’’ संजय ने क्लर्क से कहा। जब वह चला गया तो संजय ने मैनेजर की ओर मुंह फेरा, ‘‘क्या मैं आपका फोन इस्तेमाल कर सकता हूं?’’

‘‘क्यों नहीं।’’

संजय ने डायरेक्टरी देखकर सदर कोतवाली में इंस्पेक्टर खादिम हुसैन का नम्बर तलाश करके मिलाया। मिनट भर में उसने कहा, ‘‘हेलो! क्या इंस्पेक्टर खादिम हुसैन बोल रहे हैं?’’

‘‘जी हां।’’

‘‘मैं संजय हूं, इंस्पेक्टर साहब। आप पुलिस-फोटोग्राफर, पुलिस-डॉक्टर और उंगलियों के निशान के विशेषज्ञ को लेकर फौरन ‘नेशनल बैंक’ में चले आइये।’’

‘‘क्या बैंक में हत्या की वारदात हुई है?’’

‘‘अजी, आप आइये तो सही।’’ कहकर संजय ने रिसीवर रख दिया।

घण्टे-भर में इंस्पेक्टर अपने पुलिस-दल के साथ आ पहुंचा। उसी क्षण संजय उन सबको बेसमेंट में ले गया। नई स्कीम के लॉकरों वाले कमरे में जाकर नम्बर आठ का लॉकर खोल दिया गया। संजय ने हाथ पर रूमाल लपेटकर दोनों सूटकेस बाहर निकाली। रूमाल से हाथ इसलिए लपेटने पड़े, क्योंकि वह सूटकेसों पर से उंगलियों के निशान नहीं मिटाना चाहता था। फिर मास्टर चाबी से उसने दोनों सूटकेस खोल डाले।

बड़े सूटकेस में औरतों वाले लिबास थे। इनके अलावा काले शीशों वाली ऐनक के नकाबपोशों के लिबास भी थे। ये वैसे ही दो लिबास थे जो चन्द्राणी के फ्लैट में खूंटी से टंगे हुए मिले थे। औरत के लिबास ऐसे थे कि वे अलग-अलग औरतों के लगते थे।

संजय उन लिबासों को उठाकर देखने लगा। लिबास धुले हुए थे। लेकिन धुला हुआ होने के बावजूद ऐसा था जैसे वह धुलने से पहले लहू में डूबा रहा हो। लहू के बहुत हल्के और फीके निशान अब भी उस पर मौजूद थे। संजय ने वह लिबास बड़े सूटकेस में सावधानी से रख दिया। आगे बढ़कर उसने दूसरा सूटकेस भी खोल डाला।

माया के मुंह से चीख निकली, जबकि शेष लोगों के मुंह से हैरानी की ध्वनि।

छोटे सूटकेस में से पहले खट्टी गंध का भभाका-सा निकला। उसमें एक औरत का सिर था जिसके गलने और सड़ने का क्रम शुरू हो चुका था।

माया ने रुदन की चीख के साथ कहा, ‘‘शेफाली।’’

संजय चौंका, ‘‘क्या यह शेफाली का सिर है?’’

‘‘हां-हां, यह शेफाली का सिर है। मैं अपनी सहेली को लाखों में पहचान सकती हूं।’’

‘‘अगर यह शेफाली का सिर है तो वह लड़की कौन थी जिसे मेरे सामने एक नकाबपोश ने गोली मारी थी? यह कैसे मान लिया जाय कि यह सिर शेफाली का है और वह लड़की कोई और थी जो मेरी बेध्यानी के कारण मारी गई और जिसकी लाश मुर्दाघर में पड़ी है?’’

इतना कहकर संजय छोटे सूटकेस पर झुक गया, ‘‘कमाल हो गया। इसके सिर और चेहरे पर तो कोई मेकअप ही नहीं। मेकअप होता तो गोश्त गलने और सड़ने की प्रक्रिया के दौरान उतर गया होता।’’ यह कहकर वह मुड़ा और इंस्पेक्टर से बोला, ‘‘लॉकर में पाई गई इस सिर-मात्रा लाश ने सारा मामला ही उलट दिया है। इंस्पेक्टर साहब, आपसे एक चूक हो गई कि आपने उस लड़की की पहचान नहीं कराई जिसे शेफाली के फ्लैट में गोली से ढेर कर दिया गया। मैं ही क्या, दूसरे लोग भी उसे शेफाली समझते रहे। मैं तो उसे पहली बार ही देख रहा था, इसलिए मैंने उसे शेफाली ही समझा।’’

‘‘मगर सवाल यह है कि विधवा रूपवती कैसे धोखा खा गई? वह तो आपको बता ही सकती थी कि जो लड़की उसके मकान में मारी गई है, वह शेफाली नहीं है।’’ इंस्पेक्टर ने कहा।

''विधवा रूपवती की नजर बहुत कमजोर है। वह मोटे शीशे की ऐनक लगाती है। हो सकता है कि उसकी नजर धोखा खा गई हो। ठहरिये...एक और बात भी हो सकती है।''

''वह क्या?'' इंस्पेक्टर ने उत्सुकता से पूछा।

''एक बात यह हो सकती है और मेरे विचार से यह तर्क-संगत भी है। जो शेफाली अपना पहला फ्लैट छोड़कर विधवा रूपवती के मकान में पहुंची, वह असली शेफाली नहीं थी। वह शेफाली के भेस में कोई दूसरी लड़की थी। यही वजह है कि विधवा रूपवती को कोई शक नहीं हुआ। संदेह हो भी कैसे सकता था कि वह नकली शेफाली है जो उसके यहां मारी गई?''

''क्या आप यह कहना चाहते हैं कि असली शेफाली को ठिकाने लगा दिया था और कोई दूसरी लड़की शेफाली बनकर विधवा रूपवती के फ्लैट में पहुंची?'' इंस्पेक्टर ने पूछा।

''जी हां, मैं यही कहना चाहता हूं। जो लड़की विधवा रूपवती के मकान में गई, गजब की अभिनेत्री थी। उसने अपने-आपको रजनीश की बहन सिद्ध करने के लिए, रजनीश से गहरी हमदर्दी का नाटक दिखाया। मैंने विधवा रूपवती के मकान में जो फ्लैट किराए पर लिया था, वह उस समय वहां मौजूद थी जब मैं अपना सामान लेकर वहां रहने के लिए गया। सचमुच कमाल का अभिनय किया। रिवॉल्वर हाथ में लिए हुए मुझे धमकाया। उसने अपने फ्लैट में जाकर मुझे बिस्तर दिखाया जिसे इस ढंग से बिछाया गया था, जैसे वहां कोई लेटा हुआ हो। उसने मुझे यह भी बताया कि उसे किसी का इंतजार है। उसने आशंका प्रकट की कि कोई उसे मारने को आ सकता है। सचमुच कोई उसे मारने आ गया। क्यों? कौन थी वह लड़की? क्यों उसे गोली मारी गई? अगर वह दुश्मन के गिरोह की थी तो उसे फिर क्यों मारा गया? वह अपने को शेफाली कहकर विधवा रूपवती के मकान में क्या कर रही थी? ये सारे प्रश्न बड़े टेढ़े हैं। इनका उत्तर आसानी से नहीं मिलेगा।''

इतना कहकर संजय कुछ पल सोच में डूबा रहा। फिर उसने सिर उठाकर पूछा, ''मिस माया। तुमने मुझे बताया था कि तुम कुछ दिन हुए, शेफाली को अपने साथ ले गई थीं। फिर उसे तुम्हीं छोड़ गई थीं। तुम शेफाली को कहां से अपने साथ ले गई थीं?''

''उसके पहले फ्लैट से। शेफाली ने मुझे बताया था कि वह कल सवेरे विधवा रूपवती के मकान के फ्लैट में स्थानान्तरित हो रही है। मुझे खेद है कि उसे मैं विधवा के मकान में मिलने न जा सकी।''

''मिस माया। जब तुम शेफाली को उसके पहले फ्लैट में छोड़ गई थीं, तब उसके फ्लैट में क्या कोई और भी था?'' संजय को सूत्रा हाथ नहीं लग रहा था, हालांकि वह प्रश्न-पर-प्रश्न किये जा रहा था।

इस बार भी माया ने वही दो टूक उत्तर दिया, ''नहीं।''

संजय कुछ पल सोचता रहा, फिर उसने इंस्पेक्टर से कहा, ''आप यह सूटकेस अपने पुलिस-दल को सौंपिये और इन्हें आवश्यक कार्रवाई पूरी करने दीजिए। हम मिस माया को लेकर मुर्दाघर चलते हैं।''

वे दरवाजे की ओर बढ़े तो पुलिस डॉक्टर ने आकर सूचना दी, ''प्रारम्भिक जांच से मालूम होता है कि जिस औरत का यह सिर है उसे बयासी से चैरासी घंटे पहले कत्ल किया गया।''

सुनकर संजय को अपना अनुमान सत्य सिद्ध होता हुआ जान पड़ा कि विधवा के मकान में पहुंचने से पहले ही शेफाली को ठिकाने लगा दिया गया था।

# 10

मुर्दाघर में उस लड़की की लाश पड़ी थी जिसे शेफाली समझ लिया गया था। माया ने लाश को देखते हुए बता दिया, ''नहीं, यह शेफाली नहीं है। इसने शेफाली का लिबास पहन रखा है, मगर शेफाली नहीं है।''

इंस्पेक्टर और संजय, दोनों ही आश्चर्य की प्रतिमाएं बन गए। पुलिस तो पुलिस, जासूस को भी दुश्मन ने जूता दिखा दिया था। हां, इंस्पेक्टर एक बात से संतुष्ट था कि संजय इतनी तेजी से कार्रवाई कर रहा था कि दुश्मन की हर चालाकी वह फौरन पलटता जा रहा था।

संजय को हैरानी थी कि जिस लड़की की लाश वह अपने सामने देख रहा था, उसने हत्याकाण्ड पर एक और गहरा पर्दा डाल दिया था।

उस लड़की का शेफाली से क्या सम्बन्ध था?

असली शेफाली से राजश्री का क्या सम्बन्ध था?

असली शेफाली को कत्ल करने के बाद राजश्री बैंक के लॉकर में दो सूटकेस किसके हुक्म से रखने गई थी?

किसके हुक्म से यह लड़की शेफाली बनी थी?

घूम-फिरकर संजय के दिमाग में यही उलझे हुए सवाल भटक रहे थे। यह लड़की असली शेफाली के फ्लैट में क्या कर रही थी? वह किस मनोरथ से शेफाली की जगह विधवा रूपवती के मकान में स्थानान्तरित हुई थी?

तभी इंस्पेक्टर की आवाज ने उसे चौंका दिया, ''आपने इनसे मेरा परिचय नहीं कराया?'' इंस्पेक्टर ने माया की ओर इशारा किया, ''इन्हें आप अपने साथ बैंक से कैसे लाए? क्या इन्होंने आपको बताया है कि बैंक के लॉकर में किसी औरत का सिर है?''

इंस्पेक्टर की ओर से संजय पहले से इन सवालों की आशा करता रहा था, इसलिए बड़ी सफाई से उसने इस बात पर पर्दा डाला था कि वह माया को गोपालकृष्ण की दुकान से लाया था। जिसके बेसमेंट में रजनीश ने शरण ले रखी थी। अभी वह इंस्पेक्टर को इस भेद को बताने

के लिए तैयार नहीं था कि वह रजनीश को ढूंढ चुका है और ऐसे लोगों से मिल चुका है जो सेवा और त्याग की भावना से रजनीश की मदद कर रहे हैं।

कुछ सोचकर संजय बोला, ''हत्या की जांच के दौरान जासूस की मुलाकात बहुत से लोगों से होती है और यही वे लोग होते हैं जो अपनी जानकारी और बयानों से जासूस को हत्यारे के ठिकाने तक पहुंचा देते हैं। मिस माया मृत शेफाली की सहेली रही हैं। मैं विधवा रूपवती के मकान में गया तो यह भी शेफाली की खोज में वहां आ निकलीं। यह कई दिनों से अपनी सहेली से मिली नहीं थीं और इन्हें यह मालूम नहीं था कि इनकी सहेली को ठिकाने लगाया जा चुका है। मेरे हाथ में चाबियों का वह गुच्छा था जो मुझे शेफाली के फ्लैट से मिला था। इन चाबियों को देखकर मिस माया ने मुझे बताया कि शेफाली ने इन्हें कहा था कि यह किसी लॉकर की चाबी हैं। मैं इनके बयान की पुष्टि के लिए इन्हें बैंक ले गया, क्योंकि चाबी के नम्बर से मुझे मालूम हो चुका था कि यह 'नेशनल बैंक' के लॉकर की चाबी है।''

''ओह। आप सही अर्थों में महान् जासूस हैं।'' इंस्पेक्टर खादिम हुसैन ने संजय की बात पर विश्वास कर लिया।

''आइये, इंस्पेक्टर साहब। फिर बैंक वापस चलें और मिस माया को विदा कर दें। इनका पता मैं मालूम कर चुका हूं।''

मुर्दाघर से बाहर निकलकर संजय ने मिस माया को आंख मारी और कहा, ''क्या मैं तुम्हें छोड़ आऊं या तुम चली जाओगी?''

''मैं चली जाऊंगी।'' कहकर माया चल दी।

''जल्दी ही तुमसे भेंट होगी, मिस माया।''

माया ने मुड़कर कहा, ''आप जब चाहें चले आइये। मैं आपका स्वागत करूंगी।'' कहकर मुस्कराई और बढ़ गई।

❑ ❑<br>❑ ❑

'नेशनल बैंक' में इंस्पेक्टर खादिम हुसैन की पुलिस-पार्टी अपनी कार्रवाई पूरी कर चुकी थी। उन्होंने दोनों सूटकेस बंद करके अपने अधिकार में ले लिए थे और लौटने की तैयारियां कर रहे थे।

संजय ने उंगलियों की छाप के विशेषज्ञ से पूछा, ''आपको इन सूटकेसों पर कितने लोगों की उंगलियों के निशान मिले?''

''एक मर्द और एक औरत के। हां, मर्दाना उंगलियां मोटी होने पर भी किसी औरत की ही उंगलियां जान पड़ती हैं।''

65

इस रहस्योद्घाटन पर संजय दंग रह गया। उसने कहा, ''आपने यह कैसे जाना कि मर्द की उंगलियां भी औरत की उंगलियां हैं? यह तो विरोधी बात हुई? या तो आप यह कहिये कि वे मर्द की उंगलियों के निशान नहीं हैं, या फिर आप यह कहिये कि वे निशान औरत की उंगलियों के नहीं, बल्कि मर्दाना उंगलियों के हैं।''

''संजय बाबू। हम आपका मन से आदर करते हैं कि आप एक चतुर और कुशल जासूस हैं, लेकिन हमें भी काम करते हुए बीस साल हो चुके हैं। कोई दो-चार नहीं, हजारों उंगलियों के निशान ले चुके हैं। कभी-कभी ये निशान स्पष्ट और सरल होते हैं, कभी-कभी सख्त धोखा देते हैं। बहुत से मर्द ऐसे हैं जिनकी उंगलियां औरतों की तरह होती हैं, खास तौर पर ऐसे लोग, जो हृष्ट-पुष्ट होते हैं। इस केस में मर्द की उंगलियां जनाना मालूम देती हैं, वह भी हृष्ट-पुष्ट हो सकता है और उसकी उंगलियां बहुत नरम हो सकती हैं।''

पुलिस-डॉक्टर की दलील बड़ी संगत जान पड़ती थी। संजय ने उसकी पीठ पर थपकी दी और मुस्कराया।

इंस्पेक्टर ने अपने कर्मचारियों को सूटकेसों के साथ विदा कर दिया। इसके बाद संजय उसे मैनेजर के कमरे में ले गया और बोला, ''मैनेजर साहब! यहां नई स्कीम के लॉकर में सूटकेस कौन रखने आया था?''

''मैं उस समय यहीं मौजूद था। मैंने ही लॉकर अलॉट किया था। मुझे याद है, राजश्री ने अपने नाम के अलावा एक गुप्त नाम भी बताया था और वह था-रजनीश।''

''क्या कहते हैं आप?'' संजय चौंक उठा, ''राजश्री ने लॉकर खोलने के लिए गुप्त नाम रजनीश बताया था?''

''जी हां।''

संजय को कुछ भी न सूझ पड़ा। विचारों के भंवर में वह डूबता चला गया। राजश्री की इस हरकत के दो ही उद्देश्य हो सकते थे। रजनीश को राजश्री अपनी बहन की हत्या के चक्कर में फंसाना चाहती थी, या फिर उसके दिल में रजनीश के लिए अभी तक जगह शेष थी और वह रजनीश से प्यार करती थी। बहरहाल, यह भी दुहरी और पेचीदा समस्या थी।

संजय ने नया सवाल पूछा, ''क्या राजश्री अकेली ही ये दो सूटकेस लाई थी?''

''नहीं, उसके साथ एक अनोखी सूरत-शक्ल का मर्द था। चेहरा उसका गोल था, यह समझिये कि हर कोण से चेहरा गोल था। उसने बालों में सीधी मांग काढ़ रखी थी। उसके बालों की दो लटें उसके माथे पर झूल रही थीं। नाक सुडौल थी। ठोड़ी दुहरी थी। कन्धे गोल थे। उसने ढीला-ढाला सूट पहन रखा था। उसकी कमर से नीचे का हिस्सा भी गोल था। जूते चमकीले और नुकीले पहन रखे थे। उंगलियां पीछे से मोटी और आगे से फलियों की तरह थीं। नर्म-नर्म और मोटी-मोटी उंगलियां। दूसरी उंगली में चवन्नी-बराबर बड़े हीरे की अंगूठी थी। उसका रंग बेहद गोरा और लाल था। उंगलियों के छाप-विशेषज्ञ ने जब यह कहा था कि सूटकेस पर

औरतनुमा किसी मर्द की उंगलियों के निशान हैं तो मुझे राजश्री के साथ आने वाले मर्द का ध्यान आ गया।''

''क्या राजश्री सूटकेस लॉकर में रखने के बाद भी आई थी?''

''जी हां दूसरी बार वह अकेली आई थी। यह बात सूटकेस रखने के बाद दूसरे दिन की है। उस समय एक अजीब-सी बात हुई थी।''

''वह क्या?''

''वह अपने पर्स में लॉकर की जो चाबी लाई थी, वह कोई दूसरी थी। घर से चलते समय शायद उसे ध्यान नहीं रहा था। यहां आकर जब उसने लॉकर खोलने की कोशिश की तो चाबी ताले में फिट न आई। मुझे अच्छी तरह याद है कि राजश्री के मुंह से निकला था-ओह। मेरी चाबी किसी ने बदल ली है। हरामजादी बाला का काम जान पड़ता है यह। बिल्कुल यही निकला था उसके मुंह से।''

संजय पहले यह सोचने लगा कि बाला कहीं उस लड़की का नाम तो नहीं जो शेफाली की जगह विधवा रूपवती के मकान में स्थानान्तरित हुई थी?

मैनेजर ने बताया, ''राजश्री को मैंने डुप्लीकेट चाबी दे दी। मैं दरवाजे की ओट में होकर यह देखता रहा कि वह सूटकेस से क्या चीज निकालती है। उसने अपना पूरा शरीर लॉकर से सटाकर बड़े सूटकेस में से कोई चीज निकाली। वह कोई बड़ी चीज नहीं थी, उसकी मुट्ठी में आ सकती थी। इस बार वह अपने साथ एक बैग लाई थी। वह चीज उसने बैग में धर ली। मैं उस चीज को देख न सका। फिर उसने बैग से कागज का एक बड़ा लिफाफा निकाला। वह छपा हुआ था। उस पर मोटे-मोटे अक्षरों में लिखा था-''मार्बल व्हाइट ड्राई-क्लीनर्स, हजरतगंज, लखनऊ।'' मैंने आगे कुछ झांकना, देखना उचित न समझा और अपने कार्यालय में लौट आया। मेरा अनुमान है कि उस लिफाफे में किसी मर्द या औरत का लिबास है। आज आपने जब दोनों सूटकेस खोले तो बड़े सूटकेस में से वह लिफाफा नहीं निकला। राजश्री जब वह लिफाफा रखकर गई तो उसके बाद वह लॉकर खोलने नहीं आई।''

''हो सकता है कि वह कुछ सोचकर लिफाफा वापस ले गई हो और लॉकर के सूटकेस में लिफाफा न रख गई हो।'' संजय बोला। फिर वह तेजी से उठकर खड़ा हो गया। उसने मैनेजर का धन्यवाद किया और इंस्पेक्टर से बोला, ''आप फौरन मेरे साथ सदर कोतवाली चलिये।''

इंस्पेक्टर ने बैंक-मैनेजर के कमरे से बाहर आकर पूछा, ''सदर कोतवाली में आपको क्या काम है?''

''वे दोनों सूटकेस सदर कोतवाली में ही गए हैं न?'' संजय ने जवाब देने की बजाय सवाल पूछा।

''जी हां।''

''मैं वे दोनों सूटकेस दुबारा देखना चाहता हूं।''

सदर कोतवाली में दोनों सूटकेस इंस्पेक्टर खादिम हुसैन के ऑफिस में ही पड़े थे। संजय तत्काल उनकी जांच में जुट गया। बड़े सूटकेस का पैंदा तीन इंच मोटा था। उसने इंस्पेक्टर से जेबी चाकू मांगा। इंस्पेक्टर ने सहर्ष चाकू निकाल दिया। संजय ने चाकू की नोक सूटकेस के पेंदे के चमड़े की तह में घुसेड़कर उचकाई। पैंदे में शायद कोई सेफ्टी कैच था। वह चाकू के नोक के खिंचाव से अलग हो गया। पैंदे के अंदर चारों और कार्ॉक की दीवार थी और बीच का हिस्सा खाली था। उसी हिस्से में छिपा हुआ एक लिफाफा पड़ा था। जिस पर लिखा था- मार्बल व्हाइट ड्राईक्लीनर्स, हजरतगंज, लखनऊ।

इंस्पेक्टर इतना मुग्ध हुआ कि उठकर संजय के घुटने छूते हुए बोला, ''जनाब। हम आपके सामने जीरो हैं। राजश्री का रखा हुआ लिफाफा आखिर आपने खोज ही निकाला।''

संजय ने उस लिफाफे में से एक मर्दाना सूट निकाला। यह किसी लम्बे कद के आदमी का नया सूट था। संजय ने कोट पतलून को ध्यान से देखा। उसे पतलून का घुटना रफू किया हुआ नजर आया। किसी का नया सूट घुटने पर से फट गया था। कोट के कॉलर की अंदर की ओर लिखा था-''न्यू लुक ड्रेपर्स, सिंगार नगरा।''

संजय ने दोनों पते नोट कर लिये। फिर उसने इंस्पेक्टर से मिले सहयोग के लिए धन्यवाद करते हुए कहा, ''मैं अभी यह लिफाफा लिये जा रहा हूं।'' कहकर वह कोतवाली से निकल आया।



'हजरतगंज' में रौनक कम ही थी।

संजय एक लिफाफा बगल में दाबे हुए 'मार्बल व्हाइट' नामक ड्राईक्लीनर्स की दुकान में प्रविष्ट हुआ। वह एक सेल्समैन के पास गया। उसके सामने उसने लिफाफे-समेत नया सूट रख दिया और बोला, ''यह सूट आपके यहां का धुला हुआ है शायद आप ही की दुकान से रफू भी किया गया है।''

सेल्समैन ने सूट देखा, फिर दूसरे सेल्समैन की ओर इशारा करते हुए बोला, ''आप उनके पास चले जाइये। रफू किया जाने वाला सूट धुलाई के लिए नहीं लिया जाता है।''

सूट उठाकर संजय दूसरे सेल्समैन के पास आ पहुंचा। यहां भी उसने पहले वाला सवाल दुहराया। सेल्समैन ने सूट पहचान लिया। वह बोला, ''यह तो बहुत दिनों की बात है, इसे एक गोलमटोल-सा खूबसूरत आदमी लाया था। उसने कहा था कि उसका भाई एक एक्सीडेंट में

घायल हो गया था और सूट घुटने से फट गया। लहू के दाग इस पर सूख जाने से ठीक तरह साफ नहीं हो रहे, इसलिए इसे रफू करके ड्राईक्लीन कर दिया जाय।''

''क्या आप बता सकते हैं कि आपने किस तारीख को सूट धोने के लिए लिया था?'' संजय ने पूछा।

सेल्समैन दो महीने पहले की कैश-मीमोवाली किताब उठा लाया। पृष्ठ पलटे जाने लगे। फिर उसने एक डुप्लीकेट मीमो पर उंगली रखकर कहा, ''आठ मई 1973 के दिन।''

''शुक्रिया।'' यह कहकर संजय ने वह सूट लिफाफे में डाल लिया।

□ □<br>□ □

'सिंगार नगर' में आम रौनक भी नहीं थी। 'न्यू लुक ड्रेपर्स' की दुकान खोजना संजय के लिए जरा भी कठिन नहीं था। वह 'हैड टेलर' की मेज के सामने पहुंच गया। उसके गले से इंच-टेप लटक रहा था। संजय ने लिफाफे में से सूट निकाल कर पूछा, ''यह सूट आप ही के यहां का सिला हुआ है?''

''जी हां, यह काट-कटाव हमारी ही नवीनता है।''

''आपने यह सूट किसके लिए सिया था और कब सीकर दिया था?''

''मुझे रजिस्टर देखना होगा। वैसे मुझे याद है कि दो महीने पहले यह सूट मैंने अपने कारीगरों से सिलवाया था। खैर, इसका नाप देखकर बताया जा सकता है कि वह कौन साहब थे जो यह सूट हमसे सिलवाकर ले गए थे। वह कोई लम्बे कद का खूबसूरत नौजवान था।'' यह कहकर 'हैड टेलर' ने एक रजिस्टर उठाया और उसके पन्ने पलटने लगा। एक पृष्ठ पर नजरें जमाते हुए उसने कहा, ''यह सूट मिस्टर रजनीश ने सिलवाया था। उनका पता है-नवाब हवेली, फ्लैट नम्बर छह, हसनगंज।''

रजनीश के इस पते की जानकारी संजय को पहले से थी। उसने हैड टेलर से पूछा, ''रजनीश इस सूट की डिलीवरी कब ले गया था?''

''चार मई, 1973 के दिन।''

जब संजय 'न्यू लुक ड्रेपर्स' की दुकान में से निकला तो बेहद प्रसन्न था। वह समझ रहा था कि आज के घटनाक्रम ने उसे उस पगडण्डी पर डाल दिया था जो दुश्मन के ठिकाने तक जाती थी।

□ □<br>□ □

''फूल खिल रहे हैं उजड़ी-सूखी बगिया में।'' नरेन्द्र ने कहा।

''कहां बैठे हुए हैं आप?'' होटल के फ्लैट में बगिया?'' अर्चना हंसी।

69

''अभी तुम कमसिन हो, अर्चना। न तुम्हें बगिया की समझ है और न फूलों की।''

''मालियों के धन्धे से मेरा क्या मतलब?'' अर्चना ने चोट कर दी, ''माली भी घास खोदते-खोदते बूढ़े हो जाते हैं, मगर उन्हें समझदारों में तो नहीं गिना जा सकता? अपनी ही ले लो, अभी आपको सूखी बगिया भी नजर आई और फूल भी खिलते दिखाई दे गए।''

प्रवेश हंस पड़ा।

''क्या खी-खी-खी-खी लगा रखी है? वह देखो, सूखी-रूखी बगिया चली आ रही है। चेहरे पर फूल खिल रहे हैं या नहीं?''

सामने से संजय चला आ रहा था।

''भई, मान गए।'' अर्चना झेंपकर बोली, ''नरेन्द्र जी समझदारों में आने वाले हैं।''

नरेन्द्र जल-भुन उठा, ''आने वाले हैं? यानि हम समझदारों की सभा में अभी आने ही वाले हैं और आ भी पहुंचे हो? अरे कमबख्तो, शर्म-हया तुम्हें रह ही नहीं गई। जब देखो, चीर-हरण कर देते हैं।''

''कौन कर रहा है तुम्हारा चीर-हरण?'' संजय हंसते हुए कमरे में आकर बोला।

''यह आपकी मुंह लगी छोकरी। खिसियानी बिल्ली की तरह हर घड़ी खम्बा नोचती रहती है।''

''छोकरी...बिल्ली...चीर-हरण....'' संजय बोला, ''यह क्या बेतुकी हांके जा रहे हो?''

''पहले यह बताइये कि क्या किसी रंगसाज से अपने गालों पर पेंट करवाकर आ रहे हैं?'' नरेन्द्र ने पूछा। ''पुराने फर्नीचर पर कभी-कभी पेंट करवाना ही चाहिए।''

इस पर सभी हंस पड़े।

संजय मुस्कराता हुआ बोला, ''नरेन्द्र महोदय। यह चेहरा पुराना फर्नीचर नहीं है। इस पर जो चमक-दमक है वह स्वाभाविक है। हंसी-मजाक ऐसी अच्छी चीज है कि आदमी को महका देती है। अच्छा अब जरा ध्यान से सुन लो। तेजी से हरकत करने का समय आ पहुंचा है। तुम दोनों 'वीयर वैल' कट-पीस की दुकान पर जाओ और पूछो कि रजनीश की मंगेतर क्या अब भी वहां नौकरी करती है? अगर वह वहां नौकरी पर है तो उसे मेरे पास ले आओ। अगर वह वहां से नौकरी छोड़ चुकी हो तो पूछो कि अब वह कहां काम करती है? इसके लिए नरेन्द्र और प्रवेश जाएं।''

दोनों उठे और चले गए।

उनके जाने के बाद संजय ने अर्चना से पूछा, ''अर्चना। क्या तुम बता सकती हो कि मर्द को औरत की मुहब्बत किस समय जरूरी होती है?''

''औरत की नजर बहुत दूर तक झांक लेती है। क्या मैं सचमुच बता दूं कि मर्द किसी औरत को कब अपने बेहद पास चाहता है?''

''बताओ।''

‘‘जब वह उदास होता है, जब वह किसी मानसिक उलझन में फंस जाता है, जब वह किसी इरादे में नाकाम रह जाता है, जब सामाजिक कठिनाइयां उसे जीवन से विरक्त कर देती हैं।’’ अर्चना ने मुस्कराते हुए बताया, ‘‘औरत तब मर्द की आंखें देखकर भांप जाती है कि आज उसे उसकी बहुत-बहुत जरूरत है। और आप यह भी सुन लीजिए, आपको मेरी बहुत-बहुत जरूरत है।’’ कहते ही अर्चना उठी और संजय के साथ लिपट गई।

संजय ने उसकी पीठ पर थपकी देते हुए कहा, ‘‘अर्चना, तुम प्यार की भविष्यवाणी कर सकती हो। अपनी जानकारी में यह बात भी जोड़ लो कि मर्द उस समय भी औरत को समीप चाहता है जब उसे मंजिल का रास्ता मिल जाता है और वह उस रास्ते पर कदम रखता हुआ कुछ झिझकता है।’’ इतना कहकर उसने अर्चना का चेहरा दोनों हथेलियों में भरकर प्यार के चुम्बनों से सजा दिया।

अर्चना उसके साथ फूल-बेल की तरह लिपटी रही। वह अपने बदन की महकती हुई आंच संजय के रक्त में भरती रही। वह उससे मिलकर एक होना चाहती थी। यह मानस-मिलन की सबसे मधुर और सुखदायिनी अनुभूति थी।

न जाने वे कितनी देर तक एक-दूसरे के शरीर से शक्ति और सुगन्धियां खींचते रहे।

# 11

टेलीफोन की घण्टी बजी तो संजय ने रिसीवर उठाकर कहा, ‘‘हैलो।’’

‘‘संजय बाबू। आप मेरी आवाज से मुझे नहीं पहचान सकते। मैं उर्मि वसन्त का पिता हूं। उर्मि के बारे में ही आपसे मिलना चाहता हूं। मेरे पैरों पर एग्जीमा है, इसलिए चल-फिर नहीं सकता। बस में होता तो आप ही आपके दर्शन करता। क्या आप बीस मिनट के लिए मेरे पास आने का कष्ट उठा सकते हैं?’’

‘‘जरूर उठा सकता हूं।’’ संजय बोला, ‘‘मैं स्वयं आपसे मिलना चाहता था।’’

‘‘तो आ जाइये, मैं आपकी प्रतीक्षा में हूं।’’ और फोन कट गया।

संजय उर्मि के बंगले के बरामदे में पहुंचा। उसने आगे बढ़कर मुख्य-द्वार पर दस्तक दी। पहले वाली नौकरानी ने दरवाजा खोला जिसने उससे एक दिन पहले गलत-बयानी की थी कि उर्मि घर में नहीं थी। संजय ने उसे छेड़ने के अभिप्राय से कहा, ‘‘मिस्टर गणपत वसन्त घर पर नहीं हैं। वह बाहर गए हुए हैं और तुम्हें यह मालूम नहीं कि वह कब लौटेंगे।’’

नौकरानी मन-ही-मन लजाई और बोली, ‘‘मैं जानती हूं कि आप कौन हैं। संजय बाबू, गुलाम की कभी अपनी जबान नहीं होती और वह तोते की तरह रटी-रटाई बात कहता है।’’

संजय ने उस नौकरानी के गाल पर शरारत और प्यार की थपकी दी तो वह बोली, ‘‘मालिक देर से आपके इंतजार में हैं। मुझे हुक्म दिया गया है कि आप आएं तो मैं आपको फौरन उनके पास ले चलूं। आइये।’’

नौकरानी उसे बंगले के विशाल और सुसज्जित कमरे में ले आई। सोफे पर एक भारी-भरकम व्यक्ति बैठा था। उसके पैरों पर पट्टियां बंधी हुई थीं। उसने संजय को देखा तो मुस्कराया और अपना हाथ उसकी ओर बढ़ा दिया। संजय ने उसका हाथ अपने हाथ में लेकर दबाया और बताया, ''मैं संजय हूं।''

''मैं आपकी तस्वीरें अखबारों में देख चुका हूं। विराजिये।''

संजय उनके सामने बैठ गया। गणपत वसंत ने अपनी आरामकुर्सी के पास रखी तिपाई पर से चांदी और खुदाई के काम की लकड़ी का बना बक्स उठाया और उसमें से दस हजार रुपयों का चेक निकालकर संजय के घुटनों पर रख दिया।

''आप यह चेक मुझे किस सिलसिले में दे रहे हैं?''

''रजनीश को खोजने के लिए, ताकि उसके साथ अपनी छोटी बेटी उर्मि की शादी कर सकूं। रजनीश ने या मेरी बेटी ने बड़ी मूर्खता की और शादी के पवित्र बंधन के बिना ही बेटे को जन्म दिया। मैं इस बात पर बहुत नाराज था, लेकिन अब मैं यह देख रहा हूं कि रजनीश भी उससे सच्चा प्यार करता है। मैंने अब उर्मि पर से पहरा भी हटा दिया है। कल उर्मि के रक्षक ने आप पर हमला किया था और इसके लिए मुझे खेद है।''

संजय ने हंसते हुए कहा, ''इसमें खेद की क्या बात है? जिसने मुझ पर हमला किया, हमला तो उस पर हुआ। वह पहरेदार या रक्षक अब ठीक-ठाक है न?''

''ठीक-ठाक तो नहीं है। उसे अच्छा होने में अभी दो दिन और लगेंगे। खैर, अब उसकी जरूरत भी नहीं।''

संजय ने कमरे की सजावट पर नजर डालते हुए कहा, ''आपने 'हसनगंज' की हवेली छोड़कर इतना बड़ा बंगला लिया, क्या यह आपका अपना बंगला है या किराए पर लिया?''

''किराए पर लिया है-एक हजार रुपए माहवार पर।''

''क्या कहीं से आपको एकाएक दौलत मिल गई है?''

''एक मकान के बारे में दो साल से मुकदमा चल रहा था। फैसला मेरे पक्ष में हुआ है। मैंने अपना मकान, जिसे मेरा किराएदार खाली नहीं कर रहा था, उसके निकलते ही बेच डाला। मैं झगड़े वाले मकान में रहना नहीं चाहता था।''

इतने में एक औरत कमरे में प्रविष्ट हुई जिसने टखनों तक पादरी महिलाओं-सी पोशाक पहनी हुई थी। उसके हाथ में ट्रे थी। उस ट्रे पर बीयर की दो बोतलें थीं, दो ग्लास थे, वैफर्स की एक प्लेट थी।

संजय उस औरत को ध्यान से देखता रहा। उसके चेहरे पर विचित्र-से भाव थे, जैसे वह वर्षों से गुमसुम हो। गणपत वसन्त ने उसे इशारा किया कि ट्रे को वह तिपाई पर रख दे। ट्रे रखकर वह औरत चली गई।

''यह मेरी पत्नी है।'' गणपत ने बताया, ''आठ वर्ष हुए, बड़ी बेटी की मौत पर इसे इतना गहरा सदमा लगा कि गूंगी और बहरी हो गई। पुरानी आदत के अनुसार यह खाना पकाने और मेरी सेवा करने के लिए नौकर या नौकरानी नहीं रखती।''

संजय देर तक वह रास्ता देखता रहा जिधर से वह औरत निकल गई थी। बीयर पीते हुए उसने कहा, ''आप मुझे रजनीश को ढूंढने की कितनी मोहलत देते हैं?''

''दस दिन की। दस दिन से पहले आप ढूंढ देंगे तो इसी तरह का चेक आपको और मिल जाएगा।''

बीयर खत्म करने के बाद संजय ने गणपत वसन्त से विदा ली और सदर दरवाजे की ओर बढ़ा। उसने देखा कि दरवाजे के पास ही उर्मि वसन्त खड़ी थी और उसी के इंतजार में थी। उसने धीरे से कहा, ''क्या आप उनसे मिले हैं?''

''हां, और मैं जल्दी ही आपको उससे मिलवाऊंगा। आपके पिता ने भी मुझे दस हजार रुपए का चेक दिया है कि मैं दस दिनों में रजनीश को खोज निकालूं। वह रजनीश से आपकी शादी करना चाहते हैं।''

''हां, कल रात से मेरे माता-पिता का रवैया अचानक ही तब्दील हो गया है, उन्हें मेरी और रजनीश की गहरी मुहब्बत ने झिंझोड़ जगाया है। कहां हैं वह?''

''रजनीश सुरक्षित है। उसके दोस्त और हमदर्द उसकी देखभाल कर रहे हैं। उसे निरपराध सिद्ध करने के लिए वे पूरी शक्ति लगा रहे हैं।''

''मैं आपके इस अहसान का बदला नहीं चुका सकती। आपने मेरी परेशानी दूर कर दी है।''

इतने में थोड़े-से फासले से ही आवाज आई, ''उर्मि... उर्मि, मेरी नई अंगिया कहां गई?''

बड़ी प्यारी और जलतरंग-सी आवाज थी। फौरन बाद किसी के नंगे पैरों की आवाज आई। अगले ही क्षण एक बहुत ही सुंदर और सलोनी लड़की दरवाजे में आ पहुंची। उर्मि के साथ संजय को देखकर वह लजा गई। वह बाथरूम से आ रही थी। उसका बदन तौलिये में लिपटा हुआ था। उर्मि के साथ एक अजनबी को देखकर वह इतना घबरा गई कि तौलिया उसके कन्धों पर से खिसकता हुआ रसीली नाभि तक ढलक आया। वक्ष पर स्तन थे कि लाजवाब थे। उसने तौलिया ऊपर खिसकाने की कोशिश की तो उसके निचले बदन पर से कुछ पल के लिए तौलिया हट गया। प्रकृति के हाथों से तराशा गया उसका शरीर सुडौल और सलोना था।

संजय की नज़रें उस पर से उठ नहीं रही थीं। लड़की लजाकर मुड़ी और दौड़ती हुई लुप्त हो गई। उसकी पीठ और बदन का पिछला हिस्सा, सामने वाले हिस्से से भी अधिक मनमोहक था।

''यह मेरी मौसी की लड़की है-चंचल और नटखट।'' उर्मि वसन्त ने बताया।

उस लड़की का अंग-अंग आंखों में बसाए हुए संजय बंगले से बाहर निकला। दिन ढलकर अब शाम हो चुकी थी। वह कार में नेहरू रोड से गुजर रहा था। सड़क पर बहुत भीड़ थी। वह बड़ी सावधानी से कार चला रहा था। कार की गति बहुत धीमी थी। ठेलों, छकड़ों और स्कूटरों से कार को बचाता हुआ वह आगे बढ़ रहा था।

सड़क पर दूर कहीं ट्रैफिक जाम हो गया था। कारों, स्कूटरों, मोटरसाइकिलों और रिक्शाओं की लम्बी-लम्बी पंक्तियां लग गई थीं। दस मिनट बाद यातायात चालू हुआ। संजय ने सामने से आने वाले एक ट्रक को रास्ता देने के लिए कार बाईं ओर घुमाई तो एक साइकिल-सवार ने अपनी साइकिल उसकी कार के अगले पहिये से आ टकराई। साइकिल-सवार ने खुले पायंचों का खद्दर का पाजामा और लखनवी शैली का कुर्ता पहन रखा था। पांवों में मोटे तले की चप्पलें थीं। गले में काला धागा था, जिसमें एक काला मनका था। उसके बाल खुरदरे और गुच्छेदार थे। नाक पर चाकू के घाव का निशान था। साइकिल का अगला पहिया कार से टकराकर टेढ़ा हो गया था। उसने गलत दिशा से साइकिल निकालने की कोशिश की थी। कुछ लोग उसे गलत साइड से आता हुआ देख चुके थे। संजय अपनी कार रोक चुका था।

साइकिल-सवार ने कार के पहिये के नीचे अपनी साइकिल पड़ी रहने दी और झल्लाकर ड्राइविंग सीट की ओर आया। उसने हाथ बढ़ाकर संजय की बुश्शर्ट का गिरेबान पकड़ लिया। फिर वह बड़े रौब के साथ बोला, ''तुम्हें नए रिम के दाम देने होंगे वरना मैं तुम्हें निकलने नहीं दूंगा।''

''गलती तुम्हारी है। तुम गलत साइड से क्यों आए?''

''मैं बहस सुनने को तैयार नहीं हूं। रिम के दाम निकालो।'' साइकिल-सवार ने संजय की बुश्शर्ट के गिरेबान को झटका दिया।

लोग कार के गिर्द जमा हो गए थे। इतने में एक नौजवान भीड़ में से आकर साइकिल-सवार से बोला, ''शमसू क्या बात है?''

''यारा यह हजरत हमारी साइकिल का बेड़ा गर्क करके साफ निकले जा रहे हैं।'' साइकिल-सवार ने कहा।

भीड़ में से एक आदमी बोल उठा, ''गलती साइकिल वाले की है।''

शमसू के साथी ने, जो खाकी पैंट और धारीदार बुश्शर्ट पहने हुए था, पतलून की जेब से चाकू निकाल लिया और उस शरीफ आदमी को घूरते हुए बोला, ''बड़ा आया इंसाफ-पसन्द कान समेट कर सीधा चला जा।''

शरीफ आदमी डरकर भीड़ ही में गुम हो गया।

अब वह चाकूबाज मुड़कर शमसू से बोला, ''निकाल इस बाबू को बाहर? देखते हैं कि रिम के पैसे कैसे नहीं देता।''

''बाबू की कोई गलती नहीं।'' भीड़ में से एक और आवाज आई।

चाकूबाज ने भीड़ पर नजर दौड़ाई।

इतने में संजय आप ही कार से बाहर आ गया और उसने पूछा, ''तुम्हें रिम के कितने पैसे चाहिए?''

''तीस रुपए।'' साइकिल-सवार बोला।

''मैं तुम्हें बीस रुपए देता हूं। दस तुम अपनी भूल के अपनी जेब से डाल लेना।'' यह कहकर संजय ने पैंट में हाथ डालकर बटुआ निकालने का बहाना किया, लेकिन बिजली की-सी तेजी से उसने जेब से कसा हुआ मुक्का निकाला और साइकिल सवार के जबड़े पर जड़ दिया। वह धम्म से फर्श पर गिर पड़ा।

चाकूबाज हैरान था कि यह क्या हो गया?

संजय ने उसकी हैरत का लाभ उठाया और कलाई से उसे पकड़कर अपनी ओर खींचा। उसे अपनी पीठ पर चढ़ाकर संजय ने धायं से सड़क पर जोर के साथ पटक दिया। फिर आगे बढ़कर उसका चाकू छीन लिया।

इतने में साइकिल-सवार संभलकर उठ रहा था। संजय ने उसकी पिछारी पर धप्प से ठोकर मारी। साइकिल-सवार आगे की ओर औंधे मुंह गिर पड़ा। चाकू संजय ने अपनी कार में फेंक दिया। जिस नौजवान से उसने चाकू छीना था और उठाकर सड़क पर पटक दिया था, वह अभी उठने की कोशिश कर रहा था लेकिन उठ नहीं सकता था।

संजय ने उसका गिरेबान पकड़ कर ऊपर उठाया और उसकी गुद्दी पर तानकर घूंसा मारा। वह पटखनी खाकर गिरता-गिरता बचा। इतने में कोई चीख उठा, ''पुलिस।''

साइकिल-सवार और उसका साथी पुलिस का नाम सुनते ही घबरा गए, जैसे उन्हें बिजली का करेन्ट छू गया हो। देखते-ही-देखते वहां से नौ दो ग्यारह हो गए।

किसी ने भीड़ में से कहा, ''इन दोनों ने बाजार में ऊधम मचा रखा था। आखिर सेर को सवा सेर टकरा गया।''

''तुम देख नहीं रहे हो कि इन मूर्खों ने किस पर हाथ डाला है? यह हमारे देश के मशहूर जासूस संजय बाबू हैं जो लखनऊ-पुलिस की सहायता के लिए दिल्ली से आए हैं।'' एक और अजनबी बोला जो संजय को पहचान चुका था।

भीड़ को चीरकर आते हुए पुलिस-कांस्टेबल ने भी यह बात सुन ली थी। उसने भी संजय को पहचान लिया और एड़ियां जोड़कर सैल्यूट मारते हुए बोला, ''क्या हुआ हुजूर?''

''कुछ नहीं। बदमाशों से दो-दो हाथ करने का अभ्यास हुआ है।''

संजय के जवाब पर भीड़ ने बड़ा खुलकर ठहाका लगाया। संजय ने कार में से चाकू निकाल कर कांस्टेबल के हवाले किया। ''यह लो और साइकिल भी कब्जे में कर लो।''

इतने में गरीब-सा आदमी आकर गिड़गिड़ाने लगा, ''साइकिल तो मेरी है हुजूर। शमसू मुझसे जबर्दस्ती छीन लाया था। मेरी साइकिल मुझे दे दीजिए, मैं इसी पर मेहनत-मजूरी करने निकलता हूं।''

''साइकिल तुम्हें कैसे दे दूं? साइकिल तो सबूत के तौर पर रखनी होगी।'' पुलिस-कांस्टेबल ने कहा।

''नहीं, गरीब आदमी है। इसकी साइकिल इसे दे दो।'' यह कह कर संजय ने जेब से बटुआ निकाला और तीस रुपए निकालकर उस गरीब आदमी की हथेली पर रख दिये, ''आज ही नया रिम खरीद कर डलवा लेना।''

लोग संजय की ओर सत्कार और प्रशंसा भरी नजरों से देखने लगे कि वह बहादुर भी गजब का था और रहमदिल भी कमाल का।

लोगों की भीड़ तो संजय के कारण ही थी इसलिए जैसे ही संजय ने सब को हाथ हिलाकर विदा ली, लोगों ने भी उसे मुस्कराकर हाथ हिलाए।

□ □<br>□ □

संजय होटल में पहुंचा। वह रास्ते-भर यही सोचता रहा कि शमसू और उसके साथी ने जान-बूझ कर उस पर हमला किया था। वे दोनों किसी इशारे पर उसे मार डालने, या भीड़ को भड़काकर उसे पिटवाने के लिए आए थे।

होटल में आया तो उसने अपने फ्लैट का दरवाजा खुला पाया। उसमें कई लोग परस्पर बातें कर रहे थे। संजय फ्लैट में प्रविष्ट हुआ। वहां इंस्पेक्टर खादिम हुसैन, डी० आई० जी० सिन्हा, प्रवेश, नरेन्द्र और अर्चना बातों में लगे हुए थे। उनके सामने बीयर और व्हिस्की के गिलास पड़े हुए थे।

नरेन्द्र ने संजय को देखा तो बोला, ''हमने अपने को बदल लिया, जासूस महोदय।''

''क्या मतलब?''

''आहें भरकर आपका इंतजार करने से बेहतर है कि आपकी व्हिस्की पीकर ताजगी पैदा की जाय।''

इस पर सभी हंस पड़े।

संजय ने इंस्पेक्टर और डी०आई०जी० सिन्हा को नमस्ते कह कर हाथ मिलाए और पूछा, ''आप यहां कैसे?''

''इतनी तेजी से लोगों को मौत के घाट उतारा जा रहा है और हम अभी तक मौत की परछाई तक न देख पाए।'' डी० आई० जी० सिन्हा ने कहा।

''क्या कोई नई वारदात हुई है?''

''क्लोपैत्रा ब्यूटी शॉप कृष्णनगर में बाद दोपहर एक नवयौवना मरी हुई पाई गई। मौत का कारण उन्हें मालूम ही नहीं हो सका। लड़की चूंकि ऐंठ-ऐंठकर मरी इसलिए हत्या का संदेह हो रहा है। पुलिस-डॉक्टर अलग परेशान हैं। वे विश्वास के साथ नहीं कह सकते कि मौत हुई कैसे। उसे न जहर दिया गया, न उसका गला घोंटा गया। यह हार्ट-अटैक का केस भी नहीं है। आप हमारे साथ पुलिस-अस्पताल चलिए और लाश देखकर बताइये कि उस नवयौवना की मौत का कारण क्या है। आप ही बता सकेंगे कि मौत स्वाभाविक हुई या अस्वाभाविक।'' डी॰ आई॰ जी॰ ने कहा।

संजय उनकी बात भी सुन रहा था और कुछ सोच भी रहा था।

# 12

कुछ पल कमरे में गहरा सन्नाटा बिछा रहा।

''क्या सोच रहे हैं आप?'' इंस्पेक्टर खादिम हुसैन ने पूछा।

''मैं यह सोच रहा हूं कि अगर 'क्लोपैत्रा' ब्यूटी शॉप में लड़की की हत्या की गई है तो यह हत्याकाण्ड एक विशेष महत्व के आकार को धारण कर लेगा।'' संजय ने बताया।

''कैसा महत्व?''

''आपने शायद ध्यान नहीं दिया। इस केस में केवल लड़कियों को ही मौत के मुंह में झोंका जा रहा है। केवल एक ही मर्द मारा गया है-उमेशचन्द्र मेहरा। लेकिन...उमेश भी एक लड़की के कारण मारा गया। अभी मैं समझ नहीं पाया कि केवल लड़कियों के प्राण लेने का क्या मतलब हो सकता है।''

''आप वाकई एक महत्वपूर्ण इशारा कर रहे हैं।'' इंस्पेक्टर ने कहा।

''क्या आपने ब्यूटी शॉप में पूछताछ नहीं की? कौन थी वह लड़की? वह जब ब्यूटी शॉप में सिंगार के लिए आई तो उसकी क्या हालत थी?''

''बिल्कुल तन्दुरुस्त थी। उसे अपनी सहेली की शादी में शामिल होना था। वह तो बनाव-सिंगार और बाल सेट करवाने के लिए आई थी।'' इंस्पेक्टर ने बताया, ''कुर्सी पर वह कुछ मिनट बैठी। उसके गिर्द चादर लपेट दी गई। आठ मिनट के बाद ब्यूटी शॉप की नौकरानी ने देखा कि वह एक मुर्दा लड़की के बालों का शैम्पू कर रही है।''

''कौन थी वह लड़की?''

''वह 'वीयर वैल'' नामक कट-पीस की दुकान में काम करती थी-चन्द्रिका।''

''क्या उसने प्यास लगने पर फलों का रस, कोकाकोला या पानी तो नहीं मंगवाया था?''

''कुछ भी नहीं। हमने अच्छी तरह पड़ताल की है। उसे पीने के लिए कुछ भी नहीं दिया गया।''

''तो आइये, चलें।'' संजय ने कहा।

पुलिस-अस्पताल के मुर्दाघर में कट-पीस की 'वीयर वैल' दुकान की कर्मचारिणी चन्द्रिका की लाश पड़ी थी। उसके चेहरे पर कष्ट और सदमे की छाया थी।

संजय ने पुलिस-डॉक्टर से पूछा, ''आप विश्वास के साथ कह सकते हैं कि चंद्रिका को किसी तरह का विष नहीं दिया गया?''

''पेट से तो कोई विषैली चीज निकली नहीं।''

''इसका गला भी नहीं घोंटा गया?'' संजय ने डॉक्टर से दूसरा सवाल पूछा।

''दम घुटने से मौत के लक्षण साफ नजर आ जाते हैं।''

''डॉक्टर साहब। आपने गौर नहीं किया। लाश के चेहरे पर पीड़ा और सदमे के लक्षण तो मौजूद हैं। दो ही बातें हो सकती हैं कि कोई अंदरूनी तकलीफ अचानक जाग उठी हो, जिससे चंद्रिका का दिल डूब गया, या फिर उसे किसी नए ढंग से कत्ल किया गया जिससे उसे अपार कष्ट हुआ।'' यह कहकर संजय ने कलाई-घड़ी की ओर देखा और बोला, ''अभी आठ बजे हैं, दुकान खुली ही हैं। आइये, ब्यूटी शॉप चलें। आपने चन्द्रिका की मौत पर ब्यूटी शॉप कहीं बंद तो नहीं करा दी?''

''नहीं।''

ब्यूटी शॉप में नसीमा महमूद ने पुलिस-अधिकारियों के साथ संजय को देखा तो वह मुस्कराई-''अक्खाह! आप आए हैं। तो आपको अपना वचन याद रहा। आज हमारे यहां एक ट्रैजेडी हो गई। एक लड़की शैम्पू कराते हुए दम तोड़ गई। आज के इंसान में कुछ रहा नहीं, किसी भी समय उसका दम टूट सकता है।''

''इंसान घटिया और मिलावटी चीजें खाकर बहुत खोखले जो हो गए हैं। अच्छा मिस नसीमा, चन्द्रिका ने आपके यहां किस कुर्सी पर दम तोड़ा?''

''चलिये, मैं आपको दिखाऊं।''

ब्यूटी शॉप के कमरा नम्बर तीन में चार कुर्सियां थीं। नसीमा महमूद ने दूसरी कुर्सी की ओर इशारा करते हुए कहा, ''चंद्रिका ने उस कुर्सी पर दम तोड़ा।''

संजय चारों कुर्सियों को देखने लगा। वे सभी एक जैसी थीं-लोहे की स्प्रिंगदार कुर्सियां, जिनकी पीठ शैम्पू करने के लिए बनवाई गई थी। लोहे की हरेक कुर्सी पर मखमल की एक नफीस गद्दी थी। संजय ने दूसरी कुर्सी पर ध्यान केंद्रित किया। उसमें कोई असाधारण बात नहीं

थी। फिर उसने बारी-बारी से सभी कुर्सियां देखीं। तीसरी कुर्सी को देखने में उसने काफी देर लगा दी।

जब वह कुर्सियों को देख चुका तो उसने मिस नसीमा से पूछा, ''आपकी किस कर्मचारिणी ने चन्द्रिका को शैम्पू किया था?''

''मिसेस जैक्सन ने, जो नौकरानियों की इंचार्ज हैं।'' नसीमा ने उत्तर दिया।

''क्या मिसेज जैक्सन यहां मौजूद हैं?''

''जी हां। वह दूसरे कमरे में एक लड़की के बाल स्वयं सेट कर रही हैं।''

''पांचेक मिनट के लिए कृपया उन्हें बुलवा दीजिए।''

नसीमा महमूद स्वयं गई और मिसेस जैक्सन को अपने साथ लिवा लाई। वह पचपन साल की बुढ़िया-सी औरत थी। चेहरे पर झुर्रियां थीं, मगर उन झुर्रियों के बावजूद वह स्वस्थ दिखाई देती थी। उनके हाथों पर कोई झुर्री नहीं थी और वे आकर्षक थे। एक उंगली में चित्ताकर्षक अंगूठी थी।

''मिसेस जैक्सन। क्या मिस चंद्रिका ने शैम्पू कराते समय दर्द या तकलीफ की शिकायत तो नहीं की थी?''

''बिल्कुल नहीं। मुझे तो पता तक न चला कि चन्द्रिका का दम निकल चुका था। मैं शैम्पू करती रही। जब उसका सिर ढलक गया तो मुझे महसूस हुआ कि मैं एक मुर्दा लड़की के बाल धो रही थी। मेरे मुंह से चीख निकल गई। हमारी दुकान में इस तरह की यह पहली दुर्घटना थी- बड़ी रोमांचक दुर्घटना। इसका हमारे कारोबार पर बहुत बुरा असर पड़ सकता है।''

संजय की नजरें अब भी मिसेस जैक्सन के हाथों पर जमी हुई थीं। उसने मिसेस जैक्सन का हाथ अपने हाथ में ले लिया और उसे दबाया। मिसेज जैक्सन हैरत से संजय का मुंह तके जा रही थीं।

''मुझे क्षमा कीजियेगा, श्रीमती जैक्सन।'' कहकर संजय ने उसका हाथ छोड़ दिया। मेरे मन में तरंग उठी थी कि जरा आपका हाथ अपने हाथ में लेकर देखूं। मेरी यह धृष्टता मुआफ कर दें। आप किसी जमाने में वेनिस की तरह परम रूपवती रही होंगी।''

इस प्रशंसा से श्रीमती जैक्सन झेंप गई, मगर खुश भी बहुत हुई।

''मिस नसीमा! आपका बहुत-बहुत धन्यवाद। आपसे फिर कभी भेंट होगी।'' संजय बोला।

''जरूर आइयेगा।''

जब वे ब्यूटी शॉप से बाहर आ गए। ''आपको शायद चंद्रिका की मौत का सुराग नहीं मिला।''

''सुराग मिले न मिले, सुरागरसां कभी निराश नहीं होता।'' संजय ने उत्तर में कहा।

''आपने मिसेस जैक्सन का हाथ अपने हाथ में लेकर क्यों देखा था?'' इंस्पेक्टर ने पूछा।

‘‘क्या वे हाथ आपको सुंदर नहीं लगे?’’

‘‘सुंदर तो थे ही। मिसेस जैक्सन बूढ़ी हो चुकी हैं, लेकिन उनके हाथ अभी तक जवान हैं।’’ डी॰ आई॰ जी॰ सिन्हा ने प्रशंसा में कहा।

इंस्पेक्टर और डी॰ आई॰ जी॰ ने संजय को उसके होटल में छोड़ा तो संजय ने बरामदे की सीढ़ी पर पांव रखते हुए कहा, ‘‘इस केस को मैं हल कर चुका हूं। अब बहुत थोड़ी-सी जांच पड़ताल और करनी है।’’ इतना कहकर उसने इंस्पेक्टर और डी॰ आई॰ जी॰ को हक्का-बक्का छोड़ा और बरामदे के ऊपर पहुंच गया।

संजय ने अपने फ्लैट में पदार्पण किया। प्रवेश और नरेन्द्र वापस आ चुके थे। नरेन्द्र इस समय अर्चना से मजाक में लगा था। संजय ने आते ही कहा, ‘प्रवेश और नरेन्द्र! तुम दोनों अपनी रिपोर्ट पेश करो। केस को सिरे चढ़ाने का समय आ पहुंचा है।’’

‘‘सच?’’ तीनों सहयोगियों के मुंह से निकला।

प्रवेश ने अपनी रिपोर्ट पेश करते हुए कहा, ‘‘कट-पीस की ‘वीयर वैल’ दुकान में चन्द्राणी दो साल तक नौकरी करती रही। दो महीने पहले उसने नौकरी छोड़ दी थी। वह बहुत खिलाड़िन और आशिक-मिजाज लड़की थी। नौजवान ग्राहक आता तो उसके गले का हार हो जाती। उसे दुकान में कोई भी पसन्द नहीं करता था।’’

‘‘सबसे आश्चर्यजनक बात तो यह मालूम हुई कि ज्योत्सना के सिवा जितनी भी लड़कियां इस हत्याकांड में मौत के घात उतारी गईं, वे सब-की-सब उस दुकान में नौकरी पर रह चुकी हैं।’’ नरेन्द्र ने रहस्य जोड़ा।

‘‘खूब। नरेन्द्र तुम बहुत अच्छी सूचना लाए हो। चलो, इसी खुशी में व्हिस्की पियें।’’ संजय ने कहा।

अर्चना और नरेन्द्र मिलकर व्हिस्की और शेष सामग्री मेज पर सजाने में उलझ गए। अभी व्हिस्की का पहला दौर ही चला था कि उन्हें अपने फ्लैट के बाहर बहुत से कदमों की आहट सुनाई दी। फिर किसी बच्चे के रोने की आवाज आई।

अर्चना ने उठकर दरवाजा खोल दिया।

दरवाजे में उर्मि वसन्त आई थी। उसकी गोद में बच्चा था। उसके पीछे माया रानी खड़ी थी। दोनों के चेहरों के रंग उड़े हुए थे। वे तेजी से फ्लैट के अंदर आ गईं और घबराई हुई आवाज में बोलीं, ‘‘दरवाजा बंद कर दीजिए।’’

‘‘क्यों? आप इतनी डरी हुई क्यों हैं?’’ संजय ने पूछा।

‘‘कोई हमारा यहां तक पीछा करता रहा है।’’ उर्मि वसन्त ने बताया।

‘‘अगर कोई आपका पीछा करता रहा है तो वह अब भी होटल के बाहर निगरानी कर रहा होगा, प्रवेश और नरेन्द्र तुम जाओ। जो भी संदेहास्पद आदमी जान पड़ें, उनका डटकर सामना करो। उन्हें काबू में करके यहां ले आओ।’’

प्रवेश और नरेन्द्र ने अपने-अपने ग्लासों की व्हिस्की गले से उतारी और उठ खड़े हुए।

अर्चना बोली, ''मैं भी चलती हूं।''

तीनों बाहर चले गए। अब संजय ने उर्मि और माया से पूछा, ''आप कहां से आ रही हैं? आपका पीछा कब से किया जा रहा है?''

''हम आपको पूरी बात सुनाती हैं।'' माया ने कहा।

माया और उर्मि ने बारी-बारी से अपनी कहानी सुना दी। इसमें उन्हें पंद्रह मिनट लग गए। संजय ने उनकी कहानी सुनकर कहा, ''कहीं आपको शक तो नहीं हुआ?''

''अजी नहीं, मेरी आंखें धोखा नहीं खा सकतीं।'' उर्मि ने कहा।

''मुझे तो मुद्दत से शक था जो सच्चा सिद्ध हुआ। मैं उर्मि को बाहर छोड़ने के बहाने आई और इसके साथ हो ली। हम दोनों ने यही उचित जाना कि जो कुछ हमें मालूम हुआ है, उसे आपको सूचित कर दें।''

इस बीच अर्चना, प्रवेश और नरेन्द्र भी लौट आए।

संजय ने उर्मि और माया से पूछा, ''क्या आपका यह बयान सही है कि 'एवरेस्ट' वाइन-शॉप और कट-पीस की 'वीयर वैल' शॉप का मालिक एक ही है?''

''जी हां, दोनों का मालिक एक है।'' माया ने उत्तर दिया।

नरेन्द्र ने आकर कहा, ''इनका बयान सही है। कार में दो आदमी थे। उन्होंने नकाब पहन रखे थे। कार का एंजिन भी उन्होंने चालू कर रखा था। हमें देखते ही निकल भागे।''

''प्रवेश और नरेन्द्र! तुम दोनों ऐसा करो कि...मिस माया और उर्मि वसन्त को इनके घर छोड़ आओ।'' संजय ने हुक्म दिया।

''नहीं, हम खतरा मोल नहीं ले सकतीं। आप हमें आज की रात अपने फ्लैट में गुजारने की आज्ञा दीजिए।'' उर्मि बोली।

संजय ने तत्काल उनकी बात मान ली।

13

अर्चना के गाल पर सवेरे पांच बजे ही संजय ने हल्की-सी थपकी देकर जगा दिया। माया ने भी आंखें खोल दीं जो उसके साथ सो रही थी। माया बहुत बेसुध सो रही थी। रात को शायद उसे अपने बदन पर कपड़ा अच्छा नहीं लगता था। वह अपने स्लीपिंग-सूट के ऊपर सोई रही थी। उसने आंखें खोलीं तो अर्चना की चादर खींचकर अपने ऊपर तान ली।

''अर्चना! उठो और तैयार हो जाओ।'' संजय ने कहा, ''तैयार होकर दो मिनट के लिए मेरी बात सुनो।''

अर्चना पंद्रह-बीस मिनट में ही तैयार हो गई। संजय ने उसे एकान्त में ले जाकर कहा, ''तुम अभी-अभी 'हसनगंज' की 'नवाब हवेली' में जाओ। वहां मिस नसीमा महमूद से मिलो

81

और उससे जाकर पूछो कि जिस इमारत में 'क्लोपैत्रा' ब्यूटी शॉप है, उसका मालिक कौन है? तुम्हें सात बजे से पहले वापस आ जाना चाहिए।''

अर्चना अभी फ्लैट के दरवाजे से निकली नहीं थी कि फोन घनघना उठा। संजय ने लपककर, क्रैडल पर से रिसीवर उठा लिया और बोला, ''हैलो। संजय स्पीकिंग।''

''मैं उर्मि का पिता बोल रहा हूं। संजय बाबू अब आपको एक नहीं, दो आदमी तलाश करने होंगे। कल रात से मेरी बेटी भी गायब है। उर्मि का कुछ पता नहीं चल रहा कि वह कहां है। हम डर रहे हैं कि कहीं उसका अपहरण न कर लिया गया हो।''

संजय ने हंसते हुए कहा, ''आपकी बेटी का अपहरण मैंने किया था। आप घबराइये नहीं, वह मेरे पास है। मैं रजनीश और उर्मि को आपके पास ला रहा हूं।''

उर्मि का पिता चहककर बोला, ''कब?''

''उन्हें आपके पास लाने से पहले मुझे हत्यारे को पकड़ना है जो वहशी, हिंसक और विक्षिप्त है।''

''ओ...हा। फिर तो आप दस हजार के दो चेकों के अधिकारी हो गए।'' गणपत वसन्त ने अपना प्रस्ताव आप ही याद दिलाते हुए कहा, ''मैं आपका अधीरता के साथ इंतजार करूंगा।''

''मैं आऊंगा।'' कहकर संजय ने दरवाजे की ओर देखा और रिसीवर को क्रैडल पर टिका दिया।

दरवाजे पर इंस्पेक्टर खादिम हुसैन और डी० आई० जी० सिन्हा खड़े थे। इंस्पेक्टर बोला, ''आप हमें सुबह सवेरे यहां देखकर हैरान हो रहे होंगे लेकिन हमारी भी तो सुनिये। मैं तो रातभर नहीं सो सका। आपकी वही बात मेरे दिमाग में घूमती रही कि आपने यह केस हल कर लिया है।''

''मेरा भी हाल यही रहा।'' डी० आई० जी० सिन्हा ने कहा।

''मैं न केवल इस केस को हल कर चुका हूं, बल्कि रही-सही बातों की भी छानबीन कर चुका हूं। इस समय मुजरिम को गिरफ्तार करने और यहां अपना काम खत्म करने के बाद कल दिल्ली वापस जाने के लिए पंख तोल रहा हूं।''

''क्या?'' खुशी में इंस्पेक्टर चिल्लाया, ''कल से हत्या की ये वारदातें बंद हो जाएंगी?''

''हां, ठीक दस बजे हम अपराधी पर हल्ला बोलने के लिए निकलेंगे। आपको चार पुलिस-जीपों और एक दर्जन निशानची हथियारबंद कांस्टेबलों का इंतजाम करना होगा।''

''क्यों? क्या आप सारे शहर को गिरफ्तार करना चाहते हैं?''

''अब आप देखते जाइये। नाश्ता मेरे साथ कीजिए और फिर कांस्टेबलों-जीपों के साथ ठीक दस बजे उस होटल में पहुंच जाइये।

उन्होंने नाश्ता खत्म ही किया था कि अर्चना लौट आई। संजय ने आगे बढ़कर अर्चना का हाथ थाम लिया और अपने साथ उसे दूसरे कमरे में ले गया। वह बोला, ''अब तुम दबी जबान में जल्दी से अपनी रिपोर्ट पेश कर दो।''

अर्चना ने पांच मिनट में अपनी रिपोर्ट पेश कर दी।

संजय ने पूछा, ''क्या तुमने यह ही सुना था कि जब तुम नसीमा के फ्लैट के दरवाजे पर पहुंचीं तो नसीमा यह कह रही थी-'ब्यूटी शॉप बंद न करो। दुकान बंद करना खतरनाक होगा। दुकान खुली रहनी चाहिए। बिल्कुल ठीक...ऐसा ही होगा। क्यों अर्चना।''

''जी हां, मैंने यही सुना था।''

संजय ने अपने होंठ इस तरह बना लिये जैसे वह अर्चना का चुम्बन लेना चाहता हो। मगर...वह अपने पर संयम कर गया, क्योंकि साथ वाले कमरे में पुलिस-अधिकारी बैठे थे। वह उनके पास जाकर बोला, ''ज्यादा अच्छा यह रहेगा कि आप पौने दस बजे पहुंच जाएं। मैंने आपके प्रोग्राम में कुछ तबदीली कर दी है।''

''वह क्या?'' इंस्पेक्टर ने पूछा।

''आप पुलिस-जीपें न लाइये। कारें लाइये। उसमें जो बारह कांस्टेबल हों, वे भी बावर्दी न हों। आप वर्दी में हों तो कोई बात नहीं। सादा कपड़ों में कांस्टेबलों के पास राइफलों की बजाय रिवॉल्वर हों तो अधिक अच्छा होगा।''

''ठीक है, ऐसा ही इंतजाम कर दिया जाएगा।''

□ □<br>□ □

पौने दस बजे इंस्पेक्टर और डी॰ आई॰ जी॰ चार कारों में बारह सफेदपोश पुलिस-कांस्टेबल लेकर आ गए। संजय और उसके साथी पहले से ही तैयार थे। संजय ने पुलिस-अधिकारियों से मिलकर अपने धावे की एक खास युक्ति बनाई।

थोड़ी देर के बाद संजय की कार ने चार कारों का मार्गदर्शन शुरू कर दिया। कट-पीस की दुकान 'वीयर वैल' से जरा दूर कारें रोक दी गईं। संजय के आदेशानुसार सफेद पोश कांस्टेबल फौरन उस इमारत के गिर्द घेरा डालने के लिए चले गए। उनके बाद डी॰ आई॰ जी॰ सिन्हा और इंस्पेक्टर खादिम हुसैन भी दुकान के मुख्य द्वार की ओर बढ़े। संजय और उनके साथी पीछे हो लिये।

दुकान में सबसे पहले इंस्पेक्टर प्रविष्ट हुआ। दुकान के मैनेजर ने दरवाजे में पुलिस-अधिकारी को देखा तो वह फौरन पीछे वाले कमरे में चला गया।

संजय भी इंस्पेक्टर के पीछे से दौड़ा और फौरन पीछे वाले कमरे में जा घुसा। मैनेजर का हाथ क्रेडल पर था। वह रिसीवर उठाने की कोशिश कर रहा था संजय ने उसका हाथ पकड़

83

लिया था और उसे इंस्पेक्टर के पास ले आया, ''इसे हथकड़ी लगाकर किसी कांस्टेबल के हवाले कर दीजिए।''

इंस्पेक्टर ने ताली बजाई। एक सफेदपोश कांस्टेबल भीतर आ गया। इंस्पेक्टर ने उसे हुक्म दिया, ''इसे हथकड़ी लगाकर कार के अंदर डाल दो।''

अब संजय और उसके साथियों ने दुकान में नजरें दौड़ाईं। दुकान की पांच खूबसूरत रमणियां अपनी-अपनी जगह पर सहमी हुई खड़ी थीं। उनका रोम-रोम कांप रहा था। संजय ने उनसे कहा, ''तुम्हारी जितनी भी चीजें इस दुकान में पड़ी हैं, समेट लो। तुम्हें हमारे साथ चलना होगा।''

पुलिस-अधिकारी हैरान थे कि क्या ये मासूम लड़कियां भी हत्यारिनें थीं या हत्या में शरीक थीं?

लड़कियों ने तेजी से अपनी-अपनी चीजें समेटीं।

संजय ने उनसे कहा, ''आज से तुम्हारी यह भयानक नौकरी खत्म हो रही है। तुम्हें नई नौकरी खोजनी होगी। मैं तुम्हारी भलाई के लिए तुम्हें यहां से ले जा रहा हूं, वरना तुम्हें एक-एक करके इस दुनिया से ही उठा दिया जाता।''

इंस्पेक्टर और डी० आई० जी० की समझ में कुछ न उतरा।

लड़कियां चलने के लिए तैयार हो गईं तो संजय ने टोका, ''जरा ठहरो। महीने की यह ग्यारह तारीख है। मैं कैश-बक्स देखता हूं। अगर उसमें रुपया हुआ तो तुम अपनी ग्यारह-ग्यारह दिनों की तनख्वाह लेती जाओ।''

संजय ने कैश-बक्स देखा। उसमें काफी रुपया पड़ा हुआ था। जैसी-जैसी लड़कियों की तनख्वाह थी, उन्हें ग्यारह दिनों के हिसाब से पगार दे दी गई। लड़कियां बहुत खुश हुईं। पुलिस-अधिकारियों के मन भी संजय की इस मानवीयता पर प्रशंसा में छलक उठे।

इस काम से निबट कर संजय ने इंस्पेक्टर की ओर मुंह फेरा, ''एक ड्राइवर से कहिये कि वह इन लड़कियों को इनके घर छोड़ आए।''

इंस्पेक्टर स्वयं उन्हें कार में बिठाकर रवाना करके लौटा।

जब 'वीयर वैल' दुकान से संजय और पुलिस की पार्टियों के लोग वापस कारों तक पहुंचे तो बाहर सैकड़ों लोगों की भीड़ जमा हो चुकी थी, मगर किसी में भी सवाल पूछने का साहस न हुआ। एक कांस्टेबल को दुकान के पहरे पर बिठा दिया गया। डी० आई० जी० सिन्हा ने पूछा, ''क्या काम खत्म हो गया? क्या इस दुकान का मैनेजर ही मुजरिम है?''

संजय मुस्करा कर बोला, ''मैंने आपसे बारह कान्सटेबल केवल एक आदमी को पकड़ने के लिए नहीं बुलवाए। अब हम कृष्णनगर चलेंगे।''

☐ ☐<br>☐ ☐

'कृष्णनगर' में 'क्लोपैत्रा' ब्यूटी शॉप के गिर्द घेरा डालने का वही ढंग अपनाया गया। इस समय ब्यूटी शॉप में बहुत कम ग्राहक-औरतें और मर्द थे। पुलिस जब भीतर घुसी तो वे दामन बचाकर खिसकने लगे। संजय ने भी उन्हें रोका नहीं। मिस नसीमा महमूद, मिसेस जैक्सन और दूसरी कर्मचारी महिलाएं हैरान थीं कि पुलिस वहां क्या करने आई थी?

संजय आगे बढ़ा और उसने मिसेस जैक्सन का हाथ अपने हाथ में लेकर चूम लिया। फिर उसका हाथ खींचकर उसने मिसेस जैक्सन को गोद में उठा लिया और उसे एक मेज पर ले गया। मिसेस जैक्सन का स्कर्ट उसके कूल्हों तक उठ गया और उसका नायलोन का हरा जांघिया अपनी बहार दिखा रहा था। वह टांगें पटक-पटककर अंग्रेजी में संजय को गालियां देने लगी।

संजय ने उसे बांहों से पकड़ लिया। पुलिस-अधिकारी हैरान थे कि संजय कर क्या रहा था?

संजय बोला, ''मिसेस जैक्सन। जितने तुम्हारे हाथ सुंदर हैं, उतना ही तुम्हारा चेहरा सुंदर है।'' फिर वह मिस नसीमा से बोला, ''मिस नसीमा! तुम्हारा भेद खुल चुका है। मिसेस जैक्सन का फूल-सा मुखड़ा हमें दिखाइये। जाइये, लोशन और साबुन ले आइये।''

मिस नसीमा चुपचाप वह सामान ले आई। मिसेस जैक्सन का चेहरा धो दिया गया। भीतर से एक नवयौवना का प्यारा-प्यारा मुखड़ा निकल आया।

''इंस्पेक्टर साहब! आपने पूछा था कि मैंने मिसेस जैक्सन का हाथ अपने हाथ में क्यों लिया था? मैंने एक सुंदर लड़की का सुंदर हाथ अपने हाथ में लिया था। यह मिस चन्द्राणी हैं- रजनीश की मंगेतर। आपको बहुत जल्द चन्द्राणी के मंगेतर रजनीश से भी मिलाया जाएगा, पहले मिस नसीमा और चन्द्राणी के हथकड़ी लगाइये और इन्हें पहरे के अंदर कार में बिठाने का इंतजाम कीजिए।''

जब ये लोग बाहर निकले तो पहले की तरह यहां भी बाहर लोगों की भारी भीड़ जुट आई थी। लोगों को सफेदपोश कांस्टेबल पीछे हटा रहे थे। जब लोगों ने चन्द्राणी और मिस नसीमा को पुलिस की हिरासत में देखा तो आपस में कानाफूसी करने लगे।

ब्यूटी शॉप की निगरानी के लिए भी एक कांस्टेबल नियुक्त किया गया।

संजय की कार फिर पुलिस-कारों का नेतृत्व करने लगी।


□ □<br>□ □


'हजरतगंज' में 'एवरेस्ट' वाइन-शॉप को भी उसी तरह सफेदपोश कांस्टेबलों ने घेरे में ले लिया। हां, इस बार संजय ने योजना कुछ बदल दी। इस बार वह और उसके साथी सबसे पहले

85

वाइन-शॉप में प्रविष्ट हुए। पुलिस- अधिकारियों को हिदायत की गई कि वे पांच मिनट घड़ी में गिनने के बाद भीतर आएं। उन्हें दुकान की बेसमेंट की स्थिति की जानकारी दे दी गई थी।

दरवाजा खोलकर संजय तेजी से प्रविष्ट हुआ। गोपालकृष्ण शीशे के दरवाजे में से ही संजय के तेवर देख चुका था। वह अपने काउंटर के पास चला गया। अभी वह काउंटर की दराज में हाथ डालकर कुछ निकालने ही को था कि संजय ऊपर से पहुंच गया। उसने गोपालकृष्ण के सिर पर रिवॉल्वर दे मारा। चोट खाते ही वह काउंटर के पास लुढ़क गया। संजय ने काउंटर की दराज में झांककर देखा तो वहां पिस्तौल पड़ा था।

अब पुलिस दल भी दुकान में था-इंस्पेक्टर, डी॰ आई॰ जी॰ और संजय के सहयोगी। संजय बोला, ''इंस्पेक्टर साहब! इसे भी हथकड़ी लगाइये। इसे भी दूसरे मुजरिमों के साथ बिठाइये।''

इंस्पेक्टर ने ताली बजाकर सफेदपोश कांस्टेबल को बुलाया। कांस्टेबल ने आकर इशारा पाते ही गोपालकृष्ण को हथकड़ी पहना दी।

संजय अब अर्चना से बोला, ''अर्चना। तुम कार में जाओ और होटल से उर्मि वसन्त और माया को लिवा लाओ।''

अर्चना चली गई तो संजय ने होंठों पर उंगली रखकर सबको चुप रहने और दबे-पांव अपने पीछे आने का इशारा किया। सबने वाइन-शॉप के स्टोर-रूम की ओर पग बढ़ाए। स्टोर-रूम से संजय बेसमेंट में पहुंचा जिसका दरवाजा थोड़ा-सा खुला था। उसने दरवाजे में से झांककर देखा तो ठिठककर रह गया। दृश्य बड़ा घिनौना था।

रमा गौरी और रजनीश, दोनों नंगे थे। वे चारपाई पर आपस में गुत्थम-गुत्था थे। रजनीश ने रमा गौरी को अपने सीने पर लिटा रखा था और वह बेतहाशा उसके चुम्बन ले रहा था। दोनों की नजरें दरवाजे की ओर नहीं थीं। रजनीश ने रमा गौरी को अपने दोनों हाथों से दबोच रखा था। उसने उसकी गर्दन को घुमाया तो रमा गौरी का चेहरा देखकर संजय चौंक पड़ा।

कुछ सोचकर संजय जल्दी से भीतर घुसा और रजनीश के पास जाकर उसने धांय से उसके चेहरे पर मुक्का जड़ दिया। रजनीश का होंठ फट गया और लहू बहने लगा। वह रमा गौरी को अपने सीने पर से उतार चुका था।

संजय ने क्रोध में कहा, ''तुम बहुत गन्दगी फैला चुके हो, रजनीश! उठो, कपड़े पहनो।''

संजय के साथी और पुलिस-अधिकारी भी आ पहुंचे थे। वे संजय को सक्रिय होते देख चुके थे। रजनीश तेजी से कपड़े पहन रहा था।

इंस्पेक्टर ने रमा गौरी का नंगा बदन निश्चल पड़ा हुआ देखा तो कहा, ''बहुत पिये हुए मालूम देती है जो हिल नहीं रही है। इतने मर्दों के आने पर भी बेसुध पड़ी है।''

''बेसुध नहीं है, मर चुकी है।'' संजय ने बताया, ''रजनीश इसके साथ रंगरेलियां मनाते हुए इसका गला घोंट चुका है।''

‘‘फिर तो इसके बारे में यह सच्ची ही मशहूरी थी कि यह वहशी, विक्षिप्त और हिंसक है। उसने रमा गौरी का गला क्यों घोटा?’’

‘‘इसे ऐसा करने का हुक्म दिया गया था। रजनीश ने इसे अपने ढंग से मारना चाहा।’’ संजय ने बताया, ‘‘इंस्पेक्टर साहब! रजनीश को अपनी हिरासत में ले लीजिए। रमा की लाश अभी इसी दुकान में बंद रहेगी। पुलिस-कांस्टेबल को दुकान के पहरे पर बिठा दीजिए। जब्ते की कार्रवाई बाद में पूरी होती रहेगी।’’

इंस्पेक्टर ने रजनीश की बांह में अपनी बांह घुसा दी और उसे बाहर ले गया।

‘‘इसे रमा की जान लेने का हुक्म किसने दिया?’’ डी॰ आई॰ जी॰ सिन्हा ने पूछा।

इंस्पेक्टर ने जाते-जाते कहा, ‘‘जान पड़ता है कि दुकानों पर हमारे छापे अभी खत्म नहीं हुए।’’

इस पर संजय और डी॰ आई॰ जी॰ हंस पड़े।

संजय ने डी॰ आई॰ जी॰ से कहा, ‘‘आपके प्रश्न का उत्तर देने से पहले मुझे अपना एक वचन पूरा करना है। उर्मि वसन्त और रजनीश को उर्मि के पिता के पास ले जाना है। इसके बाद मैं आपको उस आदमी के पास ले चलूंगा जिसने रजनीश को रमा गौरी की जान लेने का हुक्म दिया।’’

उन्हें थोड़ी देर दुकान में ही इंतजार करना पड़ा। दुकान के शीशेदार दरवाजे से वे देख सकते थे कि बाहर हजारों लोगों की भीड़ लग रही थी।

अर्चना भी उर्मि वसन्त और माया को ले आई तो वे दोनों भी ‘एवरेस्ट’ वाइन-शॉप के बाहर भीड़ को देखकर दंग रह गईं। दुकान पर एक कांस्टेबल को पहरे पर छोड़ दिया गया।

संजय ने कार की ओर बढ़ते हुए कहा, ‘‘उर्मि को इसके पिता के यहां छोड़ते हुए, रजनीश को उनके सामने पेश करके ही हम असली मुजरिम के यहां जाएंगे।’’ और फिर उसकी कार सबका मार्गदर्शन करने लगी।

कारों का यह कारवां गणपत वसन्त के बंगले में प्रविष्ट हुआ। सदर दरवाजा खुला। अधेड़ आयु की नौकरानी ने बरामदे में पांच कारें देखीं और उनमें पुलिस को बैठे पाया तो सोच में पड़ गई। फिर वह भीतर चली गई।

संजय ने इंस्पेक्टर से कहा, ‘‘सभी अपराधी पुलिस-कांस्टेबलों की निगरानी में रहेंगे। रजनीश की हथकड़ी खोल दीजिए। हम इसे उर्मि के पिता गणपत वसन्त के सामने मुजरिम के रूप में नहीं ले जाएंगे। इससे उन्हें सदमा पहुंचने का डर है क्योंकि वह रजनीश को खोजकर उसके साथ अपनी बेटी उर्मि की शादी करना चाहते हैं।’’

इसके बाद संजय के पीछे-पीछे जरूरी लोग बंगले में दाखिल हुए। रजनीश और उर्मि के साथ संजय आगे-आगे था। वे ड्राइंग-रूम में प्रविष्ट हुए। गणपत वसन्त पहियेदार कुर्सी पर विराजमान थे। उनके पैरों पर पट्टियां बंधी हुई थीं।

संजय बोला, ''लीजिए, आपकी सुपुत्री और रजनीश आपकी सेवा में हैं। मैंने अपना वचन निभा दिया।''

''और मैं भी अपना वचन निभा चुका हूं।'' यह कहकर उन्होंने कुर्सी की गद्दी के नीचे से चेक निकालकर संजय की ओर बढ़ा दिया।

संजय ने चेक ले लिया और बोला, ''मैं इस चेक का अधिकारी नहीं हूं, क्योंकि मैं उस रजनीश को आपके पास नहीं लाया जो आपका दामाद बनने के योग्य था। यह रजनीश हत्यारा और अपराधी है।''

''क्या कहा?'' रजनीश हत्यारा और मुजरिम है? मैं तो पहले ही उर्मि को समझाता रहा था कि वह गलत जगह सिर पटक रही है।'' फिर गणपत वसन्त ने दांत किटकिटाते कहा, ''इस हत्यारे पापी को मेरी आंखों के सामने से दूर ले जाइये।''

रजनीश क्रोध से अपनी मुट्ठियां कस रहा था। वह मुट्ठी ताने वसन्त की ओर लपका, ''क्या कहा? मैं हत्यारा-पापी हूं?'' कहकर उसने गणपत के मुंह पर मुक्का जड़ दिया।

संजय तेजी से आगे बढ़ा कि रजनीश दूसरा वार न कर सके। इतने में ड्राइंग-रूम के पीछे का दरवाजा खुला। उसमें एक नकाबपोश खड़ा हुआ था जिसके बालों की लटें उसके माथे पर झूल रही थीं। उसके हाथ में पिस्तौल था।

इधर संजय भी रिवॉल्वर निकाल चुका था। नकाबपोश का पिस्तौल दहाड़ा और रजनीश तड़पकर फर्श पर लोटने लगा। दूसरी गोली संजय के रिवॉल्वर से निकली। गोली जाकर नकाबपोश की बांह में लगी और उसके हाथ से पिस्तौल छूटकर फर्श पर गिर पड़ा। उसकी बांह कटी हुई शाखा की तरह झूल गई।

संजय ने आगे बढ़कर नकाबपोश का दूसरा हाथ अपनी जकड़ में ले लिया और उसके हाथ को झटका देकर फर्श पर पटक दिया। नकाबपोश निश्चल पड़ गया।

''यह कौन है भारी-भरकम और लम्बा-ऊंचा मर्द।'' इंस्पेक्टर ने पूछा।

''मर्द नहीं यह औरत है।'' संजय ने ऐलान किया।

सभी विस्मित रह गए।

''यह औरत है?'' डी० आई० जी० के मुंह से निकला।

''हां, मिस्टर गणपत वसन्त की पत्नी और उर्मि की मां।''

''क्या?'' उर्मि भी चैंकी, ''यह मर्द मेरी मां है?''

''हां, यह एक बदनसीब बेटी की अभागिन मां है। यह भयानक हत्यारिन है।'' यह कहकर संजय ने नकाबपोश की जैकेट उतार दी। उसके कुर्ते का अगला हिस्सा खोल दिया।

सब देख रहे थे कि उनके सामने एक औरत के स्तन झांक रहे थे।

जल्दी ही नकाबपोश औरत होश में आ गई और अपना सीना ढांपने लगी।

''मेरी मां के बाल तो लम्बे थे?'' उर्मि ने पूछा।

''बाल जो आपने देखे, बनावटी थे। घर में बनावटी बाल पहने जाते थे और हत्या की वारदातों के दौरान यह लिबास पहना जाता था, यह मेकअप बनाया जाता था जो आप देख रहे हैं।'' कहकर संजय इंस्पेक्टर की ओर मुड़ा, ''उर्मि की मां और पिता को गिरफ्तार कर लीजिए। इस नकली रजनीश की लाश को ले जाने के वास्ते एम्बुलैंस मंगवाइये।''

''नकली रजनीश?'' डी॰ आई॰ जी॰ सिन्हा को हैरानी का एक और झटका लगा।

''इसे प्लास्टिक की सर्जरी से रजनीश बनवाया गया। उर्मि की मां इससे मिलकर बहुत-सी लड़कियों को मार चुकी है। यह बड़े खेद की बात है कि उन लड़कियों का मात्रा इतना-सा अपराध था-एक व्यंग्यभरी हंसी।''

''क्या मतलब?'' इंस्पेक्टर ने पूछा।

''यह कैसे हो सकता है?''डी॰ आई॰ जी॰ ने पूछा।

''इसके बारे में मैं बाद में रोशनी डालूंगा।'' संजय बोला।

''असली रजनीश कहां है?''

''उसे तो दो महीने पहले मार डाला गया।''

''ओह!'' इंस्पेक्टर ने हैरानी से कहा, ''आपकी बातें आप ही जानें।'' फिर उसने ताली बजाई-दो बार।

दो कांस्टेबल भीतर आए। गणपत वसन्त और उसकी पत्नी को हथकड़ियां पहना दी गईं। इंस्पेक्टर लाश भिजवाने के लिए फोन करने चला गया।

वातावरण में तनाव भर गया।

उर्मि वसन्त पहले तो सुबकियां लेती रही, फिर धाड़ें मारकर रोने लगी।

# 14

सारे शहर में बाद दोपहर तक यह खबर आग की तरह फैल गई कि दिल्ली के सुविख्यात जासूस संजय ने लखनऊ-पुलिस की लाज रख ली। केस अनोखा और कठिन था, लेकिन जासूस भी कमाल का निकला।

लखनऊ-डिवीजन के इंस्पेक्टर-जनरल पुलिस ने निजी तौर पर संजय को मुबारकबाद का संदेश भेजा और डी॰ आई॰ जी॰ को हिदायत की कि उसी शाम संजय के स्वागत-सम्मान में समारोह किया जाय।

शाम को वह समारोह संजय के कहने पर ज्यूरी की बैठक के रूप में बदल गया। उसमें शहर के सभी सम्भ्रांत नागरिक और मान्य अधिकारी शामिल हुए। ज्यूरी का जज इंस्पेक्टर-जनरल को बनाया गया।

## संजयः

यह हत्याकाण्ड एक मनोविकार का नतीजा है। जिस तरह चोट खाया हुआ सांप बहुत ही खतरनाक हो उठता है। उसी तरह किसी कड़वी बात से घायल मन का आदमी भी बदले की आग में भयानक अपराधी बन जाता है। गौर कीजिये कि इस सारे खून खराबे की जड़ है-एक व्यंग्य भरी हंसी!

## इंस्पेक्टरः

मात्र एक हंसी ने इतनी हत्याएं करवाईं?

## संजयः

जी हां, ध्यान दीजिए कि इंसान अपनी शारीरिक त्रुटि पर कोई व्यंग्य सर्वथा सहन नहीं कर सकता। कोई व्यंग्य कभी उसकी अंतरात्मा को छलनी कर देता है। ऐसे व्यंग्यकार को वह उम्रभर नहीं बख्शता।

## डी॰ आई॰ जी॰:

आप किस ओर इशारा कर रहे हैं?

## संजयः

इस हत्याकाण्ड के अपराधी आपके सामने बैठे हैं। श्रीमती गणपत वसन्त, उनके पति गणपत, चन्द्राणी, गोपालकृष्ण, नसीमा महमूद आदि वे लोग हैं जिन्हें मिस्टर गणपत ने अपना मनोरथ पूरा करने के लिए इस्तेमाल किया। मुझे इस हत्याकाण्ड का उद्देश्य समझने के लिए बहुत मगजपच्ची करनी पड़ी। मुख्य सवाल यह था कि इसमें अधिकांशतः लड़कियों की ही हत्या क्यों की गई? इसी बुनियादी बात ने मुझे मुजरिम तक पहुंचा दिया।

## डी॰ आई॰ जी॰:

तो फिर पहले उस व्यंग्य की ही पृष्ठभूमि बताइये।

## संजयः

व्यंग्य भरी हंसी इस हत्याकाण्ड का श्रीगणेश करती है। आप जरा मिसेस वसन्त पर दृष्टि डालिये। प्रकृति ने ऐसा जुल्म किया कि यह मर्द बनी न औरत। कोई दरम्यानी जीव भी न बन पाई। कुदरत ने जहां इन्हें भद्दा जिस्म दिया, वहां दिमाग भी भोंडा दे दिया। इनके घरेलू नौकर ने

इनकी बड़ी बेटी के साथ बलात्कार किया और बाद में हत्या कर दी ताकि रहस्य न खुलने पाये। श्रीमती गणपत पर यह मानसिक चोट लगी। तब वसन्त दम्पति गरीब इलाका 'हसनगंज' की नवाब हवेली में आ टिके। बाद में जब इनकी छोटी बेटी उर्मि रजनीश के प्यार में गर्भवती हो गई तो श्रीमती गणपत के दिल का घाव और भी गहरा हो गया। इनका दिमाग दुर्बल था और सही बात सोच न सकती थीं। तब इनके मन में विद्रोह जगा कि बेटियां होती ही अभिशाप हैं। फौरन बाद इन्हें तीसरी चोट भी लगी।

## इंस्पेक्टर:

कैसी चोट?

## संजय:

श्रीमती वसंत को आप देख रहे हैं, इनका शारीरिक विकार भी आपके सामने है। मिस्टर वसन्त शहर में तीन दुकानों के मालिक थे, 'एवरेस्ट वाइन-शॉप', कट-पीस की दुकान 'वीयर वैल्', ब्यूटी शॉप 'क्लोपैत्रा'। एक दिन श्रीमती वसन्त 'वीयर वैल' में गईं। वहां लड़कियां ही काम करती थीं। वे सब इन्हें देखकर खिलखिला उठीं। इनके तन-बदन में आग लग गई। अगले ही दिन लड़कियों को नौकरी से जवाब मिल गया। नई नियुक्तियां की गईं। उनमें, चन्द्राणी, रमा गौरी, शेफाली, माया और दूसरी लड़कियां थीं। माया वह थी, जो शेफाली की जगह मारी गई। हुआ यह कि श्रीमती वसंत फिर एक बार 'वीयर वैल' दुकान में पहुंच गईं। लड़कियां फिर खिलखिला उठीं। उनमें ज्योत्स्ना भी थी-आधुनिक थियेटर की अभिनेत्री। वह अभिनेत्री थी इसलिए खूब खुलकर हंसी। दूसरे नम्बर पर थी शेफाली, तीसरी माया, चौथी वह लड़की जो 'क्लोपैत्रा' ब्यूटी शॉप की कुर्सी पर ही दम तोड़ गई। चन्द्राणी और माया की हंसी दबी-दबी थी, इसलिए उन्हें साथ मिला लिया गया। हंसने वाली लड़कियों की सूची तैयार की गई कि उनसे हमेशा के लिए हंसने का अवसर छीन लिया जाय। श्रीमती वसन्त ने योजना बनाई तो पति को भी साथ देना पड़ा। इस तरह हत्याकाण्ड का श्रीगणेश हुआ।

## जज:

कैसी-कैसी बुरी भावनाएं इंसान के मन में उठती हैं।

## संजय:

अब मैं बताऊंगा कि हत्यारे ने क्या-क्या सुराग छोड़े जिनके सहारे मैंने यह केस हल किया। मैं जब आया तो यहां रजनीश के बारे में मशहूर था कि वह हिंसक, विक्षिप्त और वहशी है। सच्चाई यह है कि तब रजनीश मौजूद नहीं था और वह मारा जा चुका था। उसकी लाश

नहीं मिली इसलिए मैं यह नहीं बता सकता कि वह जीवित है या मर-खप गया। जब 'आधुनिक थियेटर' के असिस्टेंट डायरेक्टर उमेशचन्द्र मेहरा की लाश मिली तो मेरा संदेह पक्का हो गया कि हत्या के पीछे संगठित योजना है। तब रजनीश को निर्दोष सिद्ध किया जा रहा था। फिर ऐसे सुराग छोड़े गए कि मैं नकली रजनीश तक पहुंचा। उस समय तक मुझे शक नहीं था कि रजनीश नकली है। पता तब लगा, जब उर्मि को उससे मिलाया गया और वह जान बचाकर मेरे पास आ निकली।

## इंस्पेक्टर:

आपने भी तो पूरी चतुराई से फांसा।

## संजय:

गोपालकृष्ण और नसीमा के चरित्र पहले ही मुझे संदिग्ध नजर आए। रजनीश का करार भी मुझे परेशान किये रहा। लेकिन यह पहेली मैंने जल्दी ही हल कर ली। जो लड़की ब्यूटी शॉप में मुर्दा पाई गई, उसकी कुर्सी वास्तव में बिजली वाली कुर्सी थी, मेरा मतलब है कि लोहे की कुर्सी में बिजली का करेंट छोड़ दिया गया था। इसका अनुमान मैंने कुर्सी देखकर लगाया। कुर्सी में से स्विच निकाल लिया गया था लेकिन उसका निशान कुर्सी में मौजूद था।

## इंस्पेक्टर:

ओह! तभी आपने तीसरी कुर्सी को ध्यान से देखा था।

## संजय:

हां। असली रजनीश का पता मुझे बैंक लॉकर में रखे गए रजनीश के सूट से लगा। सूट की सिलाई और उसकी ड्राईक्लीनिंग में बहुत कम समय का अंतर था। मैं समझ गया कि असली रजनीश को कत्ल करने के बाद उसकी जगह नकली रजनीश रह गया है। अंतिम समय उसे रमा गौरी की हत्या का आदेश दिया गया। अब मैं अंतिम नुक्ते पर प्रकाश डालूंगा। सवाल पैदा होता है कि असली रजनीश की पत्नी राजश्री की हत्या क्यों की गई? उसने तो श्रीमती वसन्त के जिस्मानी विकार की खिल्ली नहीं उड़ाई थी। बात यह है कि चूंकि राजश्री को रजनीश ने ठुकरा दिया था, इसलिए उसके मन में भी बदले की आग भड़क रही थी। हत्यारे के लिए उसे अपने साथ मिलाने और काम निकलने के बाद उसे भी ठिकाने लगा देना आसान बात थी। हुआ भी यही। मुझे खेद है कि उर्मि वसन्त जी को दुःखों और मुसीबतों से भरी हुई जिन्दगी काटनी पड़ेगी।

इतने में पीछे से एक नर्स की आवाज आती है जो पहियेदार कुर्सी ठेलते हुए आती है। कुर्सी में एक युवक है।

## नौजवान:

मैं अभी जिन्दा हूं, मेरे होते हुए उर्मि को दुःख नहीं हो सकता। मैं रजनीश हूं। मुझे मार डालने की पूरी कोशिश की गई। सच तो यह है कि ये लोग अपनी ओर से मुझे मारकर ही गए थे लेकिन समय को अभी मेरा जीवित रहना ही स्वीकार था। मैं दो महीनों से 'हैल्दी लाइफ' क्लीनिक में था। इस हत्याकाण्ड के अपराधी पकड़े जाने की सूचना सुनकर मुझसे रहा ही न गया। मैं अपराधी को नहीं जानता था। अब पता लगा कि मेरी सास ही मेरी दुश्मन थी। कानून इनके किये की सजा देगा। भगवान् का लाख-लाख शुक्र है कि मैं जिन्दा हूं, मेरी उर्मि जिन्दा है, मेरा बच्चा जिन्दा है।

[तालियां बजने लगती हैं। उर्मि 'रजनीश...रजनीश' चिल्लाती पहियेदार कुर्सी की ओर लपकती है।]

* * *